W0013098

Liebe und Tod, Hoffnung und Niederlage, Schuld und Angst – Josef Haslinger behandelt in seinen beiden Novellen die großen Themen des Menschseins. Mit ihrer leisen, scheinbar kunstlosen Sprache graben sich Lebensgeschichten und Milieuschilderungen tief ins Bewußtsein ein.

In der Novelle ›Der Tod des Kleinhäuslers Ignaz Hajek‹ reist ein von Demütigungen gezeichneter Mann zum Begräbnis des Vaters in das Waldviertler Heimatdorf. Aus den Anekdoten und Erinnerungen der Mutter sowie der zahlreichen Trauergäste erfährt er Einzelheiten, die nicht nur Leben und Selbstmord des Vaters verständlich machen, sondern auch die eigene Biographie in ein neues Licht rücken. Erzählt wird die ergreifende Geschichte des Kleinhäuslers Ignaz Hajek, der durch Verzicht und Entbehrungen eine alte (Liebes-)Schuld abgetragen hat, und die seines Sohnes Josef, dem sich in der schmerzhaften Konfrontation mit der wahren Herkunft die Chance eines Neuanfangs auftut.

Im ländlichen Waldviertel spielt auch die Novelle ›Die mittleren Jahre‹. Sie erzählt die Geschichte des Bauern Gruber, der nach einem mühseligen, der Bewirtschaftung des Hofes und seiner achtköpfigen Familie gewidmeten Dasein knapp fünfzigjährig an Krebs stirbt. Sein Kampf erst um Wohlstand, dann um das Überleben, sein quälendes Gefühl, gescheitert zu sein, erschließen sich durch eine kunstvolle Verschränkung der Zeitebenen.

Josef Haslinger, 1955 in Zwettl/Niederösterreich geboren, lebt in Wien als freier Schriftsteller. Er veröffentlichte u.a. den Erzählungsband ›Der Konviktskaktus‹ (1980), den Essay über Österreich ›Politik der Gefühle‹ (1987, Fischer Taschenbuch Bd. 12365), die Reportagen ›Das Elend Amerikas‹ (1992, Fischer Taschenbuch Bd. 11337) und zuletzt im S. Fischer Verlag den Roman ›Opernball‹ (1995).

Josef Haslinger

Der Tod des Kleinhäuslers Ignaz Hajek
Die mittleren Jahre

Zwei Novellen

Fischer
Taschenbuch
Verlag

Die Novelle ›Der Tod des Kleinhäuslers Ignaz Hajek‹
erschien erstmals im Hermann Luchterhand Verlag,
Darmstadt und Neuwied 1985.
Die Arbeit an diesem Buch
wurde durch den Deutschen Literaturfonds e. V. gefördert.

Die Novelle ›Die mittleren Jahre‹
veröffentlichte Josef Haslinger zunächst
in seinem Erzählungsband ›Der Konviktskaktus‹,
München (AutorenEdition) 1980,
dann in überarbeiteter Form
im Hermagoras Verlag, Klagenfurt/Wien 1990.

Veröffentlicht im Fischer Taschenbuch Verlag,
Frankfurt am Main, Oktober 1995

© 1995 Fischer Taschenbuch Verlag GmbH, Frankfurt am Main
Alle Rechte vorbehalten
Gesamtherstellung: Clausen & Bosse, Leck
Printed in Germany
ISBN 3-596-12917-6

Gedruckt auf chlor- und säurefreiem Papier

Inhalt

Der Tod des
Kleinhäuslers Ignaz Hajek

DER TELEGRAMMBOTE war längst fort. Die Bäurin ging wieder ihrer Arbeit nach. Josef Hajek blieb nicht viel Zeit. Er stopfte ein paar Sachen in einen Seesack aus blauem Kunstleder, eine Weste, eine Jacke und Zigaretten, drehte sich im Kreis, überlegte, was er noch einpacken könnte, nahm schließlich den schwarzen Hut vom Haken und trat in den Hof hinaus. Die gekalkten Mauern strahlten in der Sonne und ließen Josef Hajeks Augen hinter dichten Haarbüscheln verschwinden.

Ich geh jetzt, rief er zur Haustür hinein.

Die Stimme der Bäurin kam aus der Küche. Bestell deiner Mutter unser Beileid. Und komm bald zurück.

In der tief in die Erde geschnittenen Kellergasse war beidseitig Leben in den Preßräumen. Durch die offenen Tore strömte der Geruch von Lehm und abgestandenem Wein. Man konnte bis in die feuchten Kellergewölbe hinabsehen. Die Bauern schwefelten Fässer, schrubbten Edelstahlbehälter, dichteten den Maischetank ab oder schmierten die Traubenmühle, zwischendurch ein Schluck vom alten Wein, der mit jedem Tag billiger wurde. Josef grüßte in ein paar Keller hinein und mußte ein ums andere Mal erklären, warum er ausgerechnet jetzt, vor der Ernte, in sein Waldviertler Heimatdorf Ober-Neuschlag fuhr.

Seine plumpen Schritte folgten einer Ölspur, die zwischen den Kellerhügeln, wo die Sonnenstrahlen sie trafen,

9

grün schimmerte. Auf seinem Rücken baumelte gewichtlos der Seesack.

Er wollte sich seinen Vater vorstellen, da kam ihm das Bild des toten Großvaters in die Quere, der in demselben Bett gelegen hatte, in dem jetzt wohl sein Vater lag. Hugo Hajek, der Großvater, war im ersten Weltkrieg Dragoner gewesen. Am rechten Unterarm trug er eine Tätowierung, die sich von der Haut kaum mehr abhob. Er zeigte sie oft her, aber Josef konnte nie erkennen, was sie darstellen sollte. Während des zweiten Krieges mußte Josef ins Dorf hinauflaufen und dem Pfarrer sagen, daß sein Großvater sterbe. Nach längerem Suchen fand er den Pfarrer im Gasthaus beim Kartenspiel. Als sie gemeinsam zurückkamen, lag der Großvater schon tot im Bett. Seine struppigen weißen Haare hatten einen gelben Glanz bekommen, und die Tätowierung am Unterarm trat plötzlich deutlich hervor. Sie zeigte den Doppeladler, umringt von einem Drachen, darunter eine vierstellige Zahl.

Es war am Totenbett des Großvaters, daß Josef Hajek seinen Vater das einzige Mal in Wehrmachtsuniform sah. Er steckte darinnen, als hätte er sie gestohlen. Am folgenden Tag hing sie hinter der Dachbodenstiege. Den zur Totenwache Versammelten, es waren vor allem Frauen, erklärte Ignaz Hajek, er habe die Stelle seines Vaters als Knecht beim Zehetbauern übernommen und könne sich nun mit der Vernichtung von Mensch und Vieh noch Zeit lassen, bis der Zehetbauer einen Franzosen kriege. Als ein Lastwagen voll französischer Kriegsgefangener auf dem Pfarrplatz hielt und auch dem Zehetbauerhof ein Franzose zugeteilt wurde, blieb Ignaz Hajek noch immer zu Hause. Die Uniform hatte er längst zurückgegeben.

So einen komischen Kauz, wie dein Vater einer ist,

braucht die Wehrmacht nicht, sagte ein Mitschüler zu Josef. Der tat, als seien ihm die Ohren zugewachsen. Er hatte es aufgegeben, eine Rauferei zu beginnen, bei der wieder nur er mit wundgeriebenen Armen liegenbleiben würde. Insgeheim dachte er: Sie haben ja recht. Mein Vater ist ein jämmerlicher Versager. Wenn einer nicht kämpfen will, hat er nichts verloren auf der Welt. Daß Ignaz Hajek gegen Kriegsende dann doch noch einrücken mußte, war für Josef das größte Geschenk, das ihm sein Vater machen konnte.

Zum Dorfplatz hin wurde die Kellergasse enger. Sie endete in einem Rundbogen, dessen Innenseiten verschrammt waren und von Lackspuren gezeichnet, weil die großen Traktoren nur mit Mühe durchfahren konnten. Die Bauern hatten es versäumt, den Bogen rechtzeitig abzureißen. Inzwischen hatte ihn der Lehrer entdeckt. Der Bogen bekam ein neues Satteldach und stand nun unter Denkmalschutz. Für ein Viertel Wein, meinte Josef Hajek auf dem Dorfplatz, müßte es vor der Abfahrt des Postautobusses noch reichen. Die Gaststube war leer. Die Wirtin kam mit einem Putzlappen aus der Küche. Sie sah ihn erstaunt an. Dein Hut, fragte sie, muß man Beileid wünschen?

Josef nickte. Der Vater, ich muß heim. Die Wirtin füllte das Glas.

Fast vierzig Jahre lebte Josef Hajek nun schon in diesem Ort. Aber daheim, das war immer noch das strohgedeckte Häuschen am Hügel in Ober-Neuschlag, mit dem Postautobus eine halbe Tagesreise entfernt. Dort, wo er so selbstverständlich Knecht wurde, als gäbe es keinen anderen Beruf auf der Welt. Während des Krieges hatte er zunächst mit seinem Vater und seinem Großvater, später nur mit seinem Vater, schließlich allein die vier eingerückten

11

Zehetbauerbuben vertreten. Nach Kriegsende kamen sie nacheinander zurück: Zuerst Ignaz Hajek, dann zwei der vier Zehetbauersöhne, der jüngste, der bald darauf die Wirtschaft übernahm, und der zweitälteste, der in einen Hof des Nachbardorfs einheiratete. Josef Hajek blieb nichts übrig, als fortzuziehen. Sechzehnjährig machte er sich auf den Weg in Richtung Wien und fragte in allen Dörfern, bis er in der Gegend von Retz von einem Weinbauern aufgenommen wurde. Immer noch hoffte er, eines Tages wegziehen zu können in einen Ort, in dem er Lust hätte, sich ein Grab zu kaufen und alt zu werden.

Gelassen sah Josef durch das Wirtshausfenster zu, wie der Postautobus ohne ihn abfuhr. Er ließ sich noch ein zweites Viertel Wein einschenken und sagte plötzlich: Mein Vater war gar nicht mein Vater, meine Mutter ist nicht meine Mutter, und Ober-Neuschlag ist nicht mein Geburtsort.

Beginnst heute schon am Vormittag zu schwafeln, fragte die Wirtin und wrang dabei das Aufwaschwasser aus dem Lappen.

Daheim sagen die Leute jetzt noch Wandl Sepp zu mir. Denn so habe ich als Kind geheißen.

Die Wirtin zog ihn hinter die Schank und ließ ihn reden. Seinen Seesack hängte sie an einen Garderobehaken. Als er von seiner richtigen Mutter, Josefa Wandl, behauptete, sie sei nichts Rechtes gewesen, dachte die Wirtin daran, daß Josef nach dem nächsten Viertel auch nichts Rechtes mehr sein werde, und schickte ihn gleich in den Keller, um ein neues Bierfaß zu holen und es anzuschlagen. Doch kaum hatte Josef das volle Faß unter der Budel verstaut, begann er schon wieder von seiner richtigen Mutter zu reden.

Sie sei ihr Leben lang herumgezogen und habe es zu

12

keinem festen Wohnsitz gebracht. Höchstens zehnmal habe er sie gesehen. Allerhöchstens, betonte er. Seinen richtigen Vater habe er überhaupt nie kennengelernt. Der sei ein Postbeamter bei der Bahn gewesen und habe zu Josefa Wandl während einer Bahnfahrt gesagt: Komm mit! Ich zeig dir was! Und sie ist ihm in den Paketwaggon gefolgt, dort hat er sie über die Postsäcke geworfen und ihr die beste Kundschaft, sagte Josef zur Wirtin, die du jemals gehabt hast, hineingestrickt. Er schenkte sich das dritte Viertel selbst nach und zündete sich eine Zigarette an. Vater war keiner da, sagte er, hat sie mich halt Josef getauft. Aber mein Adoptivvater war in Ordnung. Der hat mir seinen Namen gegeben, damit ich mich nicht schämen muß. Der war sogar schwer in Ordnung, sagte er nach einer Weile. Ich werde ihn schön begraben. Wenn alle so gewesen wären wie er, Wien würde uns heut noch gehören.

Warum, fragte die Wirtin und zog Josef Hajek wieder aus dem Schankraum, wem gehört es denn jetzt?

Den Haschbrüdern, antwortete er, den Schwächlingen, den Roten.

Als dann gegen Mittag Männer ins Gasthaus kamen, machte die Wirtin Andeutungen zu Josefs Geschichte, und er mußte sie noch einmal erzählen. Die Männer wußten schon, was kommen würde, als Josef mit eingezogenem Kopf und singender Stimme sagte: Komm mit! Ich zeig dir was!

War nicht bequem für meine Mutter, sagte Josef, darum bin ich so ein harter Bursche geworden. Seine Mutter, fuhr er fort, habe der Gendarmerie von dem Vorfall erzählt, und es sei zu einer gerichtlichen Gegenüberstellung mit den auf dieser Bahnstrecke beschäftigten Postbeamten gekommen, bei der seine Mutter seinen richtigen Vater wiedererkannt habe, obwohl der inzwischen einen Vollbart trug.

Geld kam trotzdem keines. Und die Mutter hat auf ihre Beschwerde vom Gericht den Bescheid erhalten, daß sein Vater nicht mehr bei der österreichischen Post beschäftigt und überdies nicht auffindbar sei. So hat sie, sagte Josef, wieder in den Dienst fortmüssen und mich bei ihrer Schwester zurückgelassen, die dann meine Mutter geworden ist. Wenn ich meinem richtigen Vater im Leben noch einmal begegnen sollte, schloß Josef und zog den Tisch mit einem Ruck näher an sich, dann reiße ich ihm die Eier aus.

Wie immer, wenn Josef Hajek getrunken hatte, begann er nach einer anfänglichen Redseligkeit und taumeligen Beflissenheit bald abzusacken in einen Zustand, in dem er kein deutliches Wort mehr herausbrachte und nur mehr ein Brummen von sich gab, das zwar keiner verstand, von dem aber manche behaupteten, es beziehe sich immer auf die Frau, die ihn verlassen hatte und der er die Schuld an allem gebe. Die Männer meinten, Josef habe es übertrieben. Nach einem Streit war sie in das Horner Unfallkrankenhaus eingeliefert worden. Josef wollte sie am nächsten Tag besuchen und sich entschuldigen, aber sie hatte die Stationsschwester gebeten, ihn nicht ins Zimmer zu lassen. So sah er sie erst während der Gerichtsverhandlung wieder, es war auch das letzte Mal. Seine Bitten, sie möge ihm vergeben, er werde alles wiedergutmachen, führten nur zu einem Ordnungsruf des Richters. Die Frau sah ihn nicht einmal an. Es gelang ihm, die drei Monate im Gefängnis vor seinen Eltern zu verbergen. Du siehst schlecht aus, sagte Hanni Hajek. Ich weiß, antwortete Josef, diese verdammte Frühjahrsarbeit.

Ohne daß Josef Hajek sich wehrte, schob ihn die Wirtin bei der Tür hinaus. In der Kellergasse spielten Kinder mit einem Autoreifen, den sie einander zurollten. Es war ein lauer Herbstabend, an dem jedes Geräusch merkwürdig hohl klang. In Josef dehnte sich eine bleierne Müdigkeit. Er wollte sich an den Kindern vorbeidrücken, aber sie verstellten ihm den Weg, griffen nach ihm. Er stolperte über ein gestrecktes Bein, fiel zu Boden, rappelte sich wieder auf, taumelte zu einer Mauer, an der er entlanggedreht wurde, bis er durch eine Kellertür stürzte. Auf allen vieren kroch er heraus, kaum hatte er sich aufgerichtet, sah er zwei Kinder auf sich zulaufen, sah sie kommen, konnte sie nicht abwehren, wankte zurück und fiel erneut die vier Stufen in den Preßraum des Weinkellers hinab. Er blieb liegen, bis er niemanden mehr hörte. Dann schmierte er mit der Hand das Blut in seine feuchten, filzigen Haare.

FAST ALLE, die in dem strohgedeckten Häuschen zur Totenwache versammelt waren und nach den Gebeten zum trockenen Brot Wein tranken, hatten Ignaz Hajek am Vortag gesehen. Viele hatten mit ihm gesprochen; niemandem war etwas Ungewöhnliches aufgefallen.

Nie hätte ich gedacht, daß der so etwas vorhat, im Gegenteil, der fängt sich wieder, habe ich geglaubt, der beginnt wieder zu leben wie früher.

Die fleischigen, zerschründeten Finger der Zehetbäurin umklammerten die Rillen des Weinglases. Über ihr Haushaltskleid hatte sie eine schwarze Schürze gebunden. Um sich aus der Flasche nachzuschenken, legte sie das Brot zu den Krümeln auf ihrem Schoß. Sie stieß ihren Mann in die Seite. Dir hätte es auffallen können, du hast auch nichts gesagt.

Der Zehetbauer stierte seine Krawatte an, die Ignaz Hajek trug. Sie war mit Weihwasser so vollgesogen, daß man sie hätte auswinden können. Als er am Vormittag geholfen hatte, Ignaz Hajek anzukleiden, konnte er unter dem bereitgelegten Sonntagsgewand keine Krawatte finden.

Eine Krawatte, murmelte die bucklige Hanni Hajek ein paarmal vor sich her, ich weiß nicht, wo er eine Krawatte hat. Eine Schar Kinder half ihr, vermoderte Schachteln durchzukramen. Wollsocken brachten sie zum Vorschein, lange graue Unterhosen, eine Pudelhaube, vertrockneten Landtabak, aber eine Krawatte konnten sie nicht finden. Da holte der Zehetbauer seine Trauerkrawatte, band den Knoten am eigenen Hals und schob die Schlinge dann über den Kopf des Nachbarn.

So, Naz, jetzt bist fesch. Das letzte, was ich für dich tun kann.

Die Lippen der Hanni Hajek legten ihren zahnlosen Kiefer frei, als sie ein Vergelts Gott schön herausdrückte. Geweint hat sie nicht. Ich schicke dir die Bäurin herüber, sagte er. Die Dorfkinder zerlegten währenddessen die Pfeife.

Der Krawattenknopf war unter einem weißen Leinenwulst verborgen, den sie Ignaz Hajek unter das Kinn gesteckt hatten, weil sein Mund, als sie den Kopf hochpolsterten, noch offenstand und, wenn sie ihn schlossen, wieder aufklappte. Auf der weißen Gesichtshaut von Ignaz Hajek und in seinem Schnurrbart sammelten die Weihwassertropfen das Kerzenlicht. In der linken Augenhöhle hatte sich zur Nase hin ein kleiner See gebildet.

Der Zehetbauer nahm seiner Frau die Flasche ab. Er hat hinterfotzig tarockiert, sagte er, während er sich einschenkte. Am Schluß hat er immer ein ganz anderes Blatt gehabt als am Anfang. Jedesmal bin ich darauf hereingefallen.

Er reichte die Weinflasche weiter und raffte vergeblich seine borstigen Haare zurück. Bedächtig begann er mit dem Daumennagel getrocknete Kuhscheiße von seiner Lederhose abzuschaben.

Sicher, sicher, brummte er, jetzt im nachhinein kann man leicht reden. Aber als ich gestern abend den Fleischhauer angerufen habe, daß er dem Naz die Sau und die Geiß abkaufen soll, habe ich mir gar nichts gedacht. Die alte Geiß soll er selber fressen, hat der Fleischhauer gesagt. Ich werde dem Naz das morgen erklären, habe ich mir überlegt, er soll in Ruhe schlafen. Drei Stunden später hat die Hanni schon am Schlafzimmerfenster geklopft. Wer kommt denn auf so etwas?

Meinst ich, begann der Wagner Ferdl. Er drehte seine rotgeäderte Branntweinnase über die Schultern. Ich habe ihm gestern gesagt, er kann sich Zwetschken holen, weil sie bei uns sowieso verfaulen. Die schneiden ihn nur im Bauch, hat er mir geantwortet. Dann sag's der Hanni, habe ich noch gesagt. Die ausgedörrte Hanni Hajek kiefelte neben dem Totenbett an einer Brotrinde. Davon hat er mir nichts gesagt, murmelte sie zu ihren verbogenen Schuhen hinab, fernsehen möchte er gehen, hat er gesagt, von Zwetschken hat er nichts gesagt.

Wir waren doch froh, daß er endlich wieder aus seiner Hütte kam, meinte der Brandstetter Ambros. Vielleicht können wir ihn im Winter doch noch zum Erdäpfelsortieren kriegen, habe ich mir gedacht, als er gestern unterm Eichenbaum gehockt ist und den Vögeln zugesehen hat. Heute sind sie schon weg. Sind mit ihm gegangen – oder er mit ihnen.

Aber die Vögel kommen wieder, sagte Hanni Hajek, und da war es plötzlich unangenehm still.

MEHR ALS DREI MONATE hatte Ignaz Hajek sein Haus nicht verlassen. An seinem Todestag hatte er ungewöhnlich lange geschlafen. Nicht die Bauchschmerzen waren es, die ihn diesmal weckten, sondern der pfeifende Atem von Hanni und das Flattern ihrer Lippen, als sie mit dem Wasserkübel die Stube betrat. Als junges Mädchen hatte sie sich vor einer Tanzveranstaltung die Haare über dem offenen Herd getrocknet, die dabei Feuer fingen. Seitdem bekam sie durch die Nase keine Luft mehr. Die alten Brandwunden waren an den rötlichen Vernarbungen der Haut noch erkennbar.

Ignaz Hajek horchte auf die Geräusche seiner Frau, sie kamen ihm laut und aufdringlich vor. Er schob die Decke ein wenig hinab und hielt die Augen geschlossen.

Willst du die Tabletten gleich nehmen? Ihre brüchige Stimme war noch ohne Atem. Woher wußte sie, daß er schon wach war? Er hörte sie Wasser in ein Glas schöpfen und es ihm an sein Nachtkästchen stellen. Zaghaft richtete er sich auf, spürte auf einmal wieder die Gabel, die sich langsam in seine Gedärme hineindrehte, da nahm er die Tabletten. In ihrer schwindenden Sehkraft stieß Hanni Hajek mit den Füßen Töpfe und Teller vor sich her, die im ganzen Raum den Fußboden bedeckten. Ihr Körper war so gekrümmt, als suchte sie den Himmel unter der Erde. Sie öffnete den Hahn der Propangasflasche und verbrauchte ein paar Streichhölzer, bis es einen Knall gab und Hanni für einen Augenblick wieder in Flammen stand.

Mach das Fenster auf, sagte Ignaz. Seine Stimme schlief noch. Er räusperte sich mehrmals und spuckte in ein Taschentuch. Sie sah ihn kurz an, öffnete dann die mit einem schmiedeeisernen Langband nur notdürftig in der Angel gehaltene Tür, über der die Heiligen Drei Könige mit Kreide ihr Zeichen hinterlassen hatten:

19 + K + M + B + 84. Darunter, über den Rauchfangkehrerkalendern der letzten Jahre, waren zwei Plakate angepickt, Hanni Hajek hatte sie vom Pfarrer bekommen. Unhöflichkeit zerstört das Klima. Achtet einander! stand auf dem einen und auf dem anderen: Du bist nur Gast auf Erden. Streb nach der ewigen Heimat.

Im Vorraum buckelte der Kater aus der Nachbarschaft, schmiegte sein rotes Fell an den zerspreißelten Türstock, von dort folgte sein Kopf einem Geruch und zog den Körper hinter den Ofen nach. Er war ein täglicher Frühstücksgast. Einmal hatten sie ihn über Nacht in der Stube gehabt, aber der Lärm, wenn er über das Geschirr hinwegfegte, war schwerer zu ertragen als das Krabbeln und Trippeln der Mäuse.

Von der Kaffeebrühe, die Hanni in die Ziegenmilch seihte, ging ein würziger Dunst aus. Ignaz Hajek schob seine Füße aus dem Bett, setzte sich auf und sah am Fenster Sonnenstrahlen auf Plastikblumen und Margarine fallen. In Großgerungs stand ein schöner Markttag bevor. Wenn der Postautobus in den Unterort herabkäme, würde Ignaz noch einmal hinfahren und sich fühlen wie damals an der Hand seines Vaters, als sie die zehn Kilometer noch zu Fuß gingen. Er trug die Pfeife seines Vaters, auf deren Porzellankopf ein Dragoner abgebildet war. Das Mundstück schmeckte bitter. Den ganzen Vormittag freute er sich auf den Schluck Bier, den er bekam, bevor sie zu Mittag wieder heimgingen.

Hugo Hajek war zu Beginn des Jahrhunderts aus Böhmen zugewandert und hatte sich beim Zehetbauern erfolgreich als Knecht beworben. Als die blasse, schweigsame Magd, die immer zu Boden sah, wenn er in die Nähe kam, ihren Bauch zu schnüren begann, heirateten sie. Ihr damaliger Herr, der Großvater des jetzigen Zehetbauern, ließ sie in die oberhalb des Hofes gelegene Slowakenhütte ziehen, die so genannt wurde, weil die Saisonarbeiter früher darinnen geschlafen hatten. Nach dem Krieg hatte Ignaz Hajeks Vater jeden Kontakt zu seiner Heimat verloren. Kein böhmischer Händler, Messerschleifer, Sauschneider oder Lumpensammler, der noch nach Ober-Neuschlag kam. Nur am wöchentlichen Markttag in Großgerungs, da gab es noch Händler, mit denen Hugo Hajek tschechisch sprechen konnte. Und wenn es noch so viel Arbeit gab, die vom Zehetbauerhof mußten sich daran gewöhnen, daß sie an diesem Tag mit ihrem Knecht nicht rechnen konnten.

Am Dorfweg näherte sich das Tuckern eines Traktors. Das sind die Edinger-Leute, dachte Ignaz Hajek, die fahren zum Krugacker Erdäpfel graben. Er war lange genug bettlägerig gewesen, um alle Traktoren des Dorfes an ihren Geräuschen zu erkennen. Nur bei den zwei gleichstarken Steyr-Traktoren des Unterorts mußte er sich auch an der Richtung orientieren, in die sie fuhren. Hellhörig wurde er jetzt, als der neue Traktor des Zehetbauern ausfuhr. Er hielt seine lange Unterhose an ihren Bändern zusammen und schlurfte ans Fenster, um zu sehen, wer statt seiner auf dem Vollernter stehen würde. Es war Fritz, der achtjährige Sohn des Nachbarn. Im Winter war er tagelang in Ignaz Hajeks Stube gesessen und hatte ihm geholfen, aus Birkenreisern und Weidenruten Besen zu binden. Da er sich geschickt angestellt hatte, war Ignaz Hajek damals schon die Befürchtung gekommen, daß der Bub ihn bei der Arbeit bald ersetzen könnte. Macht fünf halbe Tage weniger, murmelte er und sah, von der Sonne geblendet, dem Gespann nach, das zum Waldweg hinaufbog und durch vereinzelte Schwaden von herbstlichem Morgennebel den Jungforst entlangfuhr. Vom oberen Dorfende hallte das Tuckern zurück.

Mein Gott, dachte Ignaz Hajek, wie oft war ich am Alten Berg Erdäpfel graben! Um die Nachbarn länger verfolgen zu können, wischte er die Plastikblumen und Heiligenfiguren mit dem Ärmel beiseite, öffnete das mit Holzzwikken eingeklemmte Fenster und steckte seinen dünnen, vom Pfeifenrauch gegilbten Schnurrbart in den jungen Geruch von Kartoffelerde und Waldmoos.

Ende der fünfziger Jahre war Ignaz Hajek vom jungen Zehetbauern entlassen worden. Als Abfertigung bekam er das Recht zugesprochen, bis an sein Lebensende die Raine und Gstätten zu mähen sowie von den Feldern die Resternte zu sammeln. Für seinen sonstigen Bedarf bekam er auf einem Acker soviel Anbaufläche zur Verfügung gestellt, wie er im Herbst mit eigenem Stallmist düngen konnte. Dafür mußte er zehn halbe Tage im Jahr beim Zehetbauern arbeiten. Was er darüber hinaus am Hof half, wurde ihm jedes Jahr nach Weihnachten, zur Zeit der Unternächte, in Bargeld oder Naturalien abgegolten. Nach dem frühen Tod des alten Zehetbauern gab es praktisch keine größere Arbeit, zu der Ignaz Hajek nicht herangezogen worden wäre. Aber ihn als Knecht wieder einzustellen, kam für den jungen Zehetbauern nicht in Frage.

Mach den Traktorführerschein, sagte er, dann reden wir noch einmal darüber.

Ich und Führerschein, antwortete Ignaz Hajek. Brauchen Pferde und Ochsen einen Führerschein? Der junge Bauer lachte und ließ es aus dem Traktor schwarz herausrauchen.

Wie Kinder Flugzeugen zulaufen, so war Ignaz Hajek jedesmal ans Fenster gegangen, wenn er den Traktor ausfahren hörte. Er beobachtete seine Bewegungen, die Gleichgültigkeit, mit der er weiterfuhr, als sein breites Hinterrad ein Kücken zerdrückte. Es war schon schlimm, den ganzen Tag hinter einem Ochsen herzugehen und ihm die Fliegen vom Nacken zu scheuchen. Wenn man es nicht tat, zuckte sein ganzer Körper und der Ochse war früher müde als der Mann am Pflug. Doch ein Traktor, wann hat der genug, wie soll man das merken?

Es dauerte Jahre, bis Ignaz Hajek das eiserne Monstrum berührte und sich langsam bereit fand, mitzufahren.

Das Vollerntegespann des Zehetbauern war längst im Wald verschwunden. Die Sonne legte sich warm auf Ignaz Hajeks Gesicht. Er hatte plötzlich Lust, aufzubleiben und zu sehen, ob ihm nicht doch noch etwas zu tun blieb.

MIT EINER VERSCHORFTEN KOPFWUNDE, in der die Haare klebten, kam Josef Hajek am Tag vor dem Begräbnis in Ober-Neuschlag an. Einem Perpendikel gleich ging er mit steifen Schritten in den Unterort hinein, den Bach entlang. Als Kind hatte er einmal daraus getrunken, da hatte ihn Ignaz Hajek hochgerissen und ihn angefahren: Willst du sterben wie meine Mutter? Josef hatte sich damals eine Schlange vorgestellt, die seine Speiseröhre hinabschwimmt, sich im Bauch einnistet und langsam seine Eingeweide auffrißt, bis er hohl ist und zusammenbricht.

Von weitem sah Josef den Traktor des Wagner Ferdl den Dorfweg heraufkommen. Schnell lief er ein Stück und versteckte sich dann hinter einem Erdäpfelkeller. Beim Fenster war eine Schneise in die Böschung geschlagen. An diesem windgeschützten, südseitigen Plätzchen war Josef als Kind oft gelegen, wenn er die Kühe hütete. Er konnte bis zum Alten Berg hinübersehen, an dessen flachen Hängen die meisten Felder des Zehetbauern lagen. Von hier aus hatte er beobachten können, wann seine Eltern zum Essen heimgingen. Einmal hatte er ein Mädchen hierhergelockt.

Weil sie sich nicht ausziehen wollte, stopfte er Gras in ihre Unterhose. Und einmal war er eingeschlafen. Die Tiere des Zehetbauern grasten bald auf fremden Weideplätzen. Am Abend kam Josef ohne Milch heim, und sein Vater, der sich auf Milchsuppe eingestellt hatte, nun aber mit Kartoffelschmarrn vorliebnehmen mußte, zeterte während des ganzen Abendessens: Was läßt du dich nur erwischen, du Depp.

Der Traktor fuhr vorbei, aber nicht der Wagner Ferdl saß darauf, sondern sein Sohn. Mit dem Wagner Ferdl wollte Josef nicht mehr zusammentreffen. Dabei war der Ferdl einmal sein Freund gewesen, der einzige, der sich zumindest nach der Schule mit ihm abgab. Aber das war vorbei. An Josefs fünfzigstem Geburtstag erklärte der Ferdl den Jungen am Wirtshaustisch, warum Josef Hajek von den Älteren Wandl Sepp genannt werde, und er erzählte auch von dessen rauschgiftsüchtiger Mutter.

Das ist mein Geburtstag, sagte Josef, hör auf damit, ich habe eingeladen. Doch der Wagner Ferdl kam nun erst in Fahrt, die anderen wollten mehr hören. Josefa Wandl war das erstgeborene Kind, und Josefs Großmutter, Cäcilia Wandl, wußte nicht, wohin damit, wenn sie aufs Feld ging. So gab sie dem Säugling ausgekochte Mohnköpfe zu lutschen. Danach schlief Josefa lange, und Cäcilia konnte zu den Bauern arbeiten gehen. Bei dieser Behandlung war Josefs Mutter aber zusehends verblödet. Schluß, schrie Josef dazwischen. Der Ferdl ließ sich nicht abhalten. Das war der Grund, sagte er, warum Josefs Mutter von keinem Bauern über Weihnachten behalten wurde, sich jedes Jahr eine neue Dienststelle suchen mußte und dabei immer weiter wegkam. Josef hatte dem Wagner Ferdl das Bier umgeschüttet, hatte ihn am Kragen packen wollen, war aber abgedrängt worden. Ich zünde dir das Haus an, hatte er dann

aus dem Kreis der Männer, die ihn umstellten, herausge-
schrien und seitdem Angst gehabt, daß es der Wagner
Ferdl einmal, wenn Josef in Ober-Neuschlag wäre, selbst
anzünden könnte, da es schon alt war und baufällig, und
alle würden sich an Josefs Drohung erinnern, und die Mar-
ter, die er im Steiner Gefängnis drei Monate ausgestanden
hatte, würde erneut beginnen und den Rest seines Lebens
andauern.

Unter dem Asphalt des Wegs, der in den Unterort hinabführte und von dem beim Zehetbauern ein anderer Weg
abzweigte, den Hügel hinauf, der Slowakenhütte zu, müßten noch Josefs Schuhabdrücke zu finden sein. Mit Holz-
pantoffeln war er hier Tag für Tag zur Schule gegangen. Im
Winter, wenn der Schnee an den Sohlen hängenblieb,
wuchsen die Schuhe zu Stelzen, und er mußte sie alle paar
Schritte gegeneinanderschlagen. In der ersten Unter-
richtsstunde hingen dann seine Socken zum Trocknen
beim Ofen. Richtige Schuhe durfte Josef nur zum Kirch-
gang anziehen. Und da schämte er sich wegen der Eisen-
plättchen, die an den Absätzen befestigt waren. Er konnte,
wenn er zur Kommunion ging, noch so schleichen, seine
Schuhe tickten auf dem Steinpflaster, daß man es bis in die
hinterste Bank hörte.

Am Fuße des Hügels, auf dem in halber Höhe die Slowakenhütte stand, war ein mit Brettern zugedeckter Brunnen. Josef schob das bemooste Holz beiseite und sah in das
schwarze Loch hinab, in dem ganz unten, durch den
Schatten seines Kopfes ein wenig verdeckt, eine Wolke
zog. Es dauerte eine Weile, bis er die runde Steinwand und
die Höhe des Wasserspiegels erkennen konnte. Josef räusperte sich und horchte auf den breiten, tönernen Hall. An
einem Mauerhaken hing ein Eimer, und daneben war ein
Seil festgeknotet. Seit einigen Jahren schon brachte Josef,

jedesmal wenn er heimkam, vom Brunnen einen Eimer Wasser mit. Hanni Hajek gab ihm Geld dafür, gerade so viel, daß er sich im Wirtshaus eine Flasche Grünen Veltliner kaufen konnte. Seit der Geschichte mit dem Wagner Ferdl trank er den Wein aber nicht mehr in der Gaststube, sondern trug die Flasche nach Hause und hatte sie auch bei sich, wenn er in der stallseitigen Ecke des kleinen Schuppens im Ziegenheu zur Ruhe ging. In klaren Nächten sah man ihn manchmal neben der Slowakenhütte auf einem Stein sitzen, wo er Zigaretten rauchte und Soldatenlieder sang. Er hatte sie in der Schule gelernt. Für den Krieg war er zu jung gewesen. Sosehr er sich auch bemüht hatte, es gelang ihm nur für einen Monat, Soldat zu sein. Einem Feind stand er nie gegenüber.

Der Eimer stieß gegen die Mauer, und das überschwappende Wasser färbte den Verputz braun, als Josef seine Nase an der kleinen Fensterscheibe plattdrückte. Außer einem Kerzenschimmer konnte er nichts von der Stube wahrnehmen. In seinem Kopf begann es zu hämmern. Er betrat den kleinen Vorraum. Da die Stubentür offenstand, hatte er unerwartet schnell den toten Vater vor sich. Zuerst sah er die Hände, die über der schwarzen Bettdecke gefaltet waren, dann, als er nähertrat, das Gesicht. Es hatte nichts Vertrautes. Ein großes weißes Ohr, behaart und runzelig, ein Auge, das unter der leicht geöffneten Wimper hervorstarrte, eine dunkelbraun gefleckte Nase, eine wächserne Wange und ein spitzes, weit nach oben gedrücktes Kinn. Der Schnurrbart, die paar aufgezwirbelten Haare, über die sich alle immer nur lustig gemacht hatten, war gestutzt.

Der Vater, das Bett, auf dem er aufgebahrt lag, die ausgeräumte Stube, alles war Josef fremd, als wäre er nie hiergewesen, als hätte er diesen Mann nie gesehen. Mit klammen Händen stellte er Eimer und Seesack ab, ging hinaus, um seine Mutter zu suchen. Er hörte sie hinter dem Haus Reisig hacken. Als sie ihn erblickte, sagte sie: Sind meine Eltern gestorben, alle meine Geschwister, jetzt auch noch der Naz. Niemand ist mir geblieben. Ihre Augen waren trübe, als sie sich aufrichtete, und ihr Blick schien aus ihnen nicht mehr herauszufinden.

Reden Sie nicht so, Mutter, sagte Josef. Ich bin doch da.

DAS BEGRÄBNIS war nicht aufwendig, denn Ignaz Hajek war nicht bei der Feuerwehr gewesen. Aus jedem Haus war jemand gekommen, aber manche Höfe waren doch nur durch Kinder vertreten.

Was wäre ihm denn geblieben, er war doch schon am Ende, sagte Josef Hajek, als sich die Wagnerin in ihren Beileidsformeln verhaspelte und dafür um so stärker seine Hand schüttelte. Diese Bemerkung legte sie ihm als Roheit aus. Der wartet nur auf das Bett, flüsterte sie der Edingerin zu. Deren zustimmender Augenaufschlag war kaum wahrnehmbar im Schatten ihres weit über die Stirne ragenden Kopftuches.

Zur schwarzen Hose trug Josef ein dunkelgrünes Sakko, das an den Ärmeln schon ein wenig ausgefranst war. Alles an ihm roch nach Wein, bald auch nach Schnaps. Allmählich füllte sich die Slowakenhütte mit Trauergästen. Josef murmelte in der Stube Gebete mit, welche die fünf Wundmale des Gekreuzigten beschworen, als ihm vom Haaransatz etwas Nasses über die Stirne herunterrann. Er wischte mit der flachen Hand über die Flüssigkeit, die in den Augen brannte und nach Slibowitz roch. Josef blickte zur Decke hinauf und öffnete seinen Mund der unerwarteten Stärkung, die zuerst tropfweise zwischen zwei Brettern hervorquoll, dann in einem dünnen Faden herabfloß, dessen Schwankungen Josefs Oberkörper aufmerksam parierte.

Zwei Kinder, der Neubauer Günther und der Eßmeister Heinrich, hatten ausgenutzt, daß alle Trauergäste in eine Richtung schauten, und waren hinter deren Rücken die Dachbodenstiege hinaufgeschlichen, auf der Ignaz Hajek sie einmal, gerade bevor sie durch die Klapptüre verschwinden konnten, erwischt und heruntergejagt hatte. Vorsichtig schlossen sie die Bodenluke und mußten eine Zeitlang warten, bis ihnen das trübe Licht, das durch das kleine Giebelfenster hereinfiel, eine vage Orientierung gab. Von unten drangen Gebete herauf, gleichmäßig und altbekannt wie das Rauschen eines Flusses. Wenn der Chor aufhörte und der Vorbeter etwas dazwischensagte, blieben die Kinder stehen, damit ihre Schritte nicht gehört wurden.

Schau her, sagte der Eßmeister Heinrich und klappte das Rad der Haspel auseinander, auf der Hanni Hajek früher das Flachsgarn gestrafft hatte. Der Neubauer Günther verfing sich beim Näherkommen in den Reisigbesen, die mit Steinen beschwert am Boden lagen, und warf, vor sich hin stolpernd, die Weihwasserflasche um. Hanni Hajek hatte sie zum Schutz vor Blitzschlägen hier aufgestellt. In der Flasche war aber nicht Weihwasser, sondern Slibowitz, den Ignaz Hajek hier versteckt gehalten hatte. An jedem anderen Platz hätte ihn Hanni irgendwann entdeckt und dann innerhalb kürzester Zeit selbst getrunken. So aber konnte sich Ignaz Hajek über Monate hindurch jedesmal, wenn seine Frau außer Haus war, an einem Schluck freuen. Zu Weihnachten war die Flasche leergetrunken und er füllte sie für einen Tag mit Wasser, weil Hanni am Heiligen Abend damit das Haus besprengte und auch einen Schwapp ins Herdfeuer goß. Danach füllte er die Flasche wieder mit Slibowitz, den er bis zum Ostersamstag austrinken mußte. Vor der Ostermette leerte Hanni den Rest auf das Grab ihrer Schwiegereltern und füllte nach der Mette die Flasche mit dem neu geweihten Wasser. Ansonsten rührte sie die Weihwasserflasche nicht an, weil sie meinte, ein Strohdach sei für Blitze viel anziehender als andere Dächer und könne daher nur mit möglichst viel Weihwasser geschützt werden. Dieses Jahr war die Flasche noch zu gut zwei Dritteln voll. Ignaz Hajek hatte zu Beginn seiner Krankheit noch gehofft, er würde wieder gesund werden und dann um so größere Schlucke machen, nach der langen Zeit im Bett hatte er die Flasche jedoch vergessen.

Der Zehetbauer hatte lange die Klapptüre auf seinem Kopf liegen und mußte mehrmals rufen, bis sich die Kinder zaghaft aus einer Ecke meldeten. Vor der Slowakenhütte schlug er viel länger auf ihre Kirchenanzüge, als notwendig war, um den Staub herauszuklopfen.

Behutsam wurde Ignaz Hajek in den Sarg gehoben. Der Nachbar legte seine Krawatte frei, denn der Unterkiefer hielt nun von selbst. Die Männer schraubten den Sarg zu und schlugen in den mit Silberpapier verzierten Deckel auf jeder Seite einen Nagel hinein, um die Kränze daran zu befestigen. Es sind ja nur zwei, meinte der Reiter, da können wir auf Kranzträger verzichten.

Auf der Türschwelle wurde der Sarg noch einmal kurz abgestellt, dann übernahmen ihn andere Männer, die sich zuvor bekreuzigten. Während die Dorfleute ihren Platz im Trauerzug suchten, ging Hanni Hajek voraus, denn sie befürchtete, den anderen bergauf nicht folgen zu können. Im Oberort wartete sie beim Wegkreuz und schritt dann zur

Kirche hinüber neben ihrem Sohn hinter dem Sarg her. Fortwährend zogen dunkle Wolken auf, drohten sich jeden Augenblick zu entleeren, dann aber rissen sie auf, und überraschend brach wieder die Sonne durch. Die Bauern konnten den Schatten nachschauen, wie sie eilig über die Häuser hinwegglitten und in den Wäldern hinter dem Unterort verschwanden. Sie blinzelten zum Himmel, rätselten, ob es noch zu einem Regen kommen würde. Die einen meinten, die Erdäpfelernte sei heuer viel zu staubig, andere hielten entgegen, daß eine nasse Ernte noch schlechter sei, weil die Erdäpfel dann im Winter anfälliger wären für den Frost. Hinten gingen die Frauen und beteten einen Rosenkranz.

Der Pfarrer war mit einem Kreuzträger und zwei Ministranten dem Trauerzug ein Stück entgegengegangen. Ungeduldig beobachtete auch er die Wolken und blickte immer wieder auf die Uhr. Als er den Weihrauch auf die Kohlen legte, begann es zu regnen. Er hielt den Regenschirm über das dampfende Weihrauchfaß und ging wieder in die Kirche zurück, um den Toten dort zu empfangen. Eine eigene Predigt hatte er sich nicht einfallen lassen, er begnügte sich mit der Auslegung der üblichen Bibelstellen. Über die Art des Todes von Ignaz Hajek sprach er nur andeutungsweise, indem er mit gesenktem Blick hervorhob, daß der Tote ein regelmäßiger Kirchgänger gewesen sei und deshalb hoffen könne, daß ihm der Herr die schwere Schuld vergeben werde, die er auf sich geladen habe. Ein gemeinsam gebetetes Vaterunser sollte dem Herrn die Gnade erleichtern. Manche dachten dabei an Angehörige, die noch vor einigen Jahrzehnten im Wald verscharrt worden waren, und schlossen sie insgeheim ins Gebet mit ein.

Auf dem Friedhof erinnerte der Zehetbauer in seiner kurzen Grabrede an einen Vorfall, den ihm seine selige

Mutter erzählt hatte. Zu Ende des Krieges habe ein Trupp Russen mit vorgehaltenem Gewehr irgend etwas von ihr verlangt, das sie nicht habe verstehen können. In ihrer Angst sei sie mit ihnen zum Naz gegangen, der von seinem Vater noch genug Tschechischkenntnisse mitbekommen hatte, um zu begreifen, daß sie einen Sack Roggen wollten. So habe der Naz seiner Mutter das Leben gerettet, und dafür schloß der Zehetbauer, bin ich dir ewig dankbar.

DAS RASIERMESSER hatte am Hals von Ignaz Hajek rote Schnittwunden hinterlassen. Er hatte sich in letzter Zeit nur selten rasiert. Seine Hand war zittrig, als er mit der Klinge die Seife wegschabte, und sein Oberarm begann zu schmerzen. Er stellte sich vor, sein ganzer Körper sei schon am Einschlafen, nur sein Kopf rumore noch. Aber anstatt auch ihn einschlafen zu lassen, wecke er nun wieder den Körper auf. Einen Moment lang erschrak er. Wenn der Körper nun wirklich einschliefe.

Er holte den schweren Wintermantel aus der Kammer, nahm vom Haken neben der Eingangstür seinen Stock und die Fellhaube mit den losen Ohrenklappen. Diese Haube war inzwischen gut fünfzig Jahre alt. Das Leder an der Außenseite war brüchig und ging aus den Nähten, innen war das Fell schon fast vollständig abgeschabt, nur an den flatternden Ohrenschützern krausten sich noch ein paar drahtige Haare. Auf nichts hatte Ignaz Hajek so geachtet wie auf diese Haube, obwohl sie seinem Gesicht etwas Blödes verlieh und die Leute ihn auslachten. Am Anfang hatte es ihn geärgert, daß ihm die Schulkinder nachriefen: Nazl mit der Blechhaubn. Bald jedoch lernte er, mit dem Geschenk von Hanni umzugehen. Daß er sie selbst im Sommer trug, ließ alle verstummen, die ihm ausreden wollten, eine Übriggebliebene zu heiraten, die keine Kinder bekommen könne. Die Leute meinten nun sogar, die zwei würden gut zusammenpassen, und die Burschen gratulierten Ignaz zu seiner Hanni, denn sie waren froh, daß dieser komische Kauz ihnen keine Normale weggeschnappt hatte.

Er setzte die Haube auf, als er vor der Stellungskommission der deutschen Wehrmacht erscheinen mußte, und er trug sie auch, als der Oberlehrer kam, um zu prüfen, ob der Vater von Josef Hajek ein Saboteur der deutschen Idee oder ein Trottel sei. Er sei nicht richtig schwachsinnig, aber auch kein geistig gesunder Mensch, soll der Oberlehrer und Ortsgruppenleiter zum Kreisleiter gesagt haben. Noch der niedrigste Staatsgedanke ist für ihn zu hoch, zum Glück kann seine Frau keine Kinder bekommen und ausgesprochen Schädliches ist nicht zu melden.

Ignaz Hajek ließ die Fellhaube daheim, wenn er nach der Getreideernte ins obere Waldviertel hinaufzog, nach Wiesensfeld, Lehmbach, Hausbach, wo das Korn später reif wurde und wo vor dem Winter noch ein wenig Geld zu verdienen war. Aber er trug die Haube, wenn er von der Strasser Annerl heimging, er trug sie auch im letzten Jahr, als er vom Alten Berg zurückkam, wo er in einer Haselnußstaude einen Teil seiner Rente ausgegeben hatte.

Was gehst denn fort, sagte Hanni Hajek, der Kaffee ist fertig.

Fernsehen, antwortete Ignaz. Er öffnete die Tür.

Jetzt, fragte Hanni überrascht. Ihr Mund blieb offen und der Kopf schräg, bis ihr Mann im Vorraum verschwunden war. Fernsehen, murmelte sie dann. Der spinnt ja.

Aus einem Wasserglas auf der Kredenz nahm sie ihr künstliches Gebiß, schüttelte die Tropfen ab, steckte es in den Mund. Außer zum Essen trug sie die Prothese nur während der Sonntagsmesse. Sie war zu groß und haftete schlecht am Gaumen. In der Kirche war sie ihr beim Beten schon ein paarmal aus dem Mund gefallen. Die Leute sagten, Hanni Hajek habe ihre Zähne beim Versandhaus bestellt. Sie schob die Prothese mit dem Unterkiefer zurecht, sah noch einmal nach der Eingangstür und setzte sich, da ihr Mann fort blieb, allein zum Frühstück.

Nur ein paar Schritte hatte sich Ignaz Hajek vom Haus entfernt, dann hatte er innegehalten. Im Zehetbauerhof, den er von hier aus gut überblicken konnte, stand das Scheunentor offen. Als Kind war er manchmal an dieser Stelle gestanden und hatte, eingehüllt in Qualm und Dampf, das ungewöhnliche Konzert da unten mit seinem Summen begleitet. Das war im Winter, wenn beim Zehetbauern das Korn gedroschen wurde. Im Hof stand die Dampfmaschine. Ihr Fauchen und Zischen bildete den Grundton. Darüber hämmerte der ausgeschlagene Pleuel, so laut, daß es am nächsten Tag noch in den Ohren wehtat. Die Melodie wurde von der Dreschmaschine getragen, die mit ihrem an- und abschwellenden Burren die ganze Umgebung in Schwingung versetzte. Durch das Tor stieß die Scheune einen hell schimmernden Staub aus, der bald den Schnee im Hof und auf dem Dach mit einem braunen Film überzog. Die Kleider von Ignaz Hajek rochen dann noch lange wie die eines Lokomotivführers.

Später war er selbst in der Scheune. Hanni arbeitete vorne, mitten im Staubnebel, wo sie der Maschine das gedroschene Stroh entnahm, Ignaz sackte mit anderen Männern hinten das Korn ein und trug es auf den Dachboden. Am Abend war das Gesicht von Hanni grau geworden, und er wurde von seiner eigenen Schulter niedergedrückt. An den Augenbrauen, den Wimpern und an den Rändern der

Haube hing der Staub in dicken Flocken. Schief saß er beim Abendessen. Der alte Zehetbauer lachte abschätzig. Dann geh zu den Weibern. Von da an übernahm Ignaz Hajek das von den Frauen zu dicken Garben gebundene Stroh und schleppte es auf den Strohboden hinauf, wo es von anderen übereinandergeschichtet wurde. Er mußte schnell gehen, aber es war keine schwere Arbeit. Gewöhnlich wurde sie von Kindern verrichtet. Während er mit jeder Hand eine Garbe hinter sich herzog, hatte er Zeit nachzudenken, mit welchen Bemerkungen er die Frauen in Verlegenheit bringen könnte. Anfang der siebziger Jahre war diese Arbeit zu Ende, denn von da an wurde sie während der Ernte von einem Mähdrescher erledigt.

Ich bin mein eigener Fernseher geworden, dachte Ignaz Hajek. Er stand noch immer auf dem Weg, der zum Zehetbauern hinabführte, aber sein ursprünglicher Plan, im Extrazimmer des Gasthauses das Vormittagsprogramm im Fernsehen anzuschauen, kam ihm mit einem Mal völlig lächerlich vor. Er kehrte um und ging hinter das Haus. Zu dieser Zeit lief der Edingerbub, ein dreizehnjähriger Hauptschüler, der wegen der Kartoffelernte der Schule ferngeblieben war, vom Feld heim, um aus der Garage einen neuen Zapfwellenanschluß für die Erntemaschine zu holen. Er war an jenem Tag der erste, der die hagere und in Brusthöhe ein wenig gekrümmte Gestalt des Ignaz Hajek sah. Es kam ihm nicht in den Sinn, daß es die letzte Begegnung sein könnte.

Bist wieder beisammen, Naz, fragte er und half, eine Strebe gegen das Schuppentor zu spreizen, das der Wind aus der oberen Verankerung gerissen hatte.

Einen Winter lang wird es halten, sagte Ignaz Hajek. Der Bub nickte. Im Frühjahr nagle ich dir eine neue

Schiene hinein, wenn das Haus vorher nicht einstürzt, sagte er und lief weiter.

Ignaz Hajek war für alle der Naz, auch für die Schulkinder. Nur sein Sohn blieb beim Sie. Die Unterortkinder spielten oft in der Umgebung der Slowakenhütte, versteckten sich in der Scheune, und er ließ sie gewähren, auch wenn sie ihn verspotteten, weil sein Hosentor keine Knöpfe mehr hatte und an den Beinen früher als bei den anderen die langen Unterhosen hervorschauten. Nur einmal, als sie in seinen Brunnen schissen, lief er ihnen nach und drohte, sie mit seinem Stock zu erschlagen.

Über die abgebröckelten, morschen Bretterenden an der Hinterseite des Schuppens hatte Ignaz Hajek im Vorjahr ein langes Verschalungsbrett genagelt, weil Füchse, Hunde, Katzen und Hühner ungehindert Zugang hatten und seinen Sohn, wenn er ein- oder zweimal im Monat hier war, bei der Nachtruhe störten. Das Holz war von irgend jemandem herabgerissen worden oder auch von selbst herausgebrochen und hatte sich so stark in den Wasen hineingedrückt, daß es kaum noch zu sehen war. Ignaz Hajek wollte es wieder aufstellen und einen Stein dagegenlehnen. An beiden Seiten versuchte er es hochzuheben; es gelang nicht. So sehr er sich auch anstrengte, das Brett ruckartig herauszureißen, es saß fest und gab keinen Zentimeter nach. Immer wieder versuchte er es von neuem. Da schwankte das Haus, neigte sich auf ihn zu, das verwitterte Strohgedeck türmte sich auf, drohte auf ihn herabzusinken, doch bevor es ihn vergrub, färbte die Sonne sich schwarz und riß mit unsichtbaren Händen das Haus an sich. Die Slowakenhütte wirbelte durch die Luft, der schwarzen, ausgefransten Kugel entgegen, bald auch der Zehetbauerhof, der Kirchturm, die Schule, das Milchhaus, alles wurde von unsichtbaren Händen aus dem Boden gerissen und flog zum Himmel, wo die Wolken den zur finsteren Sonne wirbelnden Trümmern ein Loch freigaben. Ignaz Hajek wollte dem tobenden, unsichtbaren Sog entkommen. Er schlug mit dem Rücken auf die Erde.

Steh doch auf, sagte Hanni Hajek, die die Geiß zum Grasen anpflockte, der Boden ist schon viel zu kalt. Ihre Stimme kam von weit her. Langsam faßte sich Ignaz Hajek, sah das Haus unversehrt vor sich stehen und spürte, trotz der warmen Sonne, im Gesicht ein Frösteln, das auf seinen ganzen Körper ausstrahlte. Die Hände preßte er auf dem Bauch zusammen, sein Inneres drängte nach außen. Es war ein unnachgiebiges Drücken, über das er die Oberhand behalten mußte.

Wie geht's denn, fragte seine Frau. Sie stand über ihm, und ihr Kopf zitterte, als ob sie nicken würde. Eine Weile sah er sie nur an. Ich gehe jetzt frühstücken, sagte er dann. Ihm war speiübel. Als er sich aufrichtete und fortging, hatte er Mühe, die Welt geradezuhalten.

DIE PARTEZETTELVERTEILER waren die ersten, die nach den Angehörigen Erde auf den Sarg warfen. Sie warteten am Friedhofstor, wo sie die Trauergäste beim Überreichen dieser letzten Andenken an den Toten ins Wirtshaus einluden.

Hanni Hajek ging an ihnen vorbei und direkt in den Pfarrhof hinüber. Als sie an die Tür zur Pfarrkanzlei klopfte, sah sie, daß sie einen schwarzen und einen braunen Strumpf trug.

Jessas Maria, sagte sie zum Pfarrer, ich habe ja zwei verschiedene Strümpfe an.

Das macht nichts, beruhigte sie der Pfarrer, dem Herrn macht das nichts.

Für den ersten Todestag im nächsten Jahr wollte sie eine Messe aufschreiben lassen. Lange blätterte der Pfarrer in einem Buch und verzog dabei den Mund. Als er heftig den Kopf schüttelte, wehte der Alten sein Rasierwasserduft entgegen, heilig und ehrfurchtgebietend, es war der Geruch der Sonntagskommunion.

Das geht nicht, Frau Hajek, das ist nämlich auch der Sterbetag des alten Prinzen, und der ist praktisch für alle Jahre schon reserviert. Aber am darauffolgenden Sonntag ist es für den ersten Sterbetag ja auch viel feierlicher.

Und was kostet der?

Zweihundert Schilling die zweite Messe.

Ich gehe aber immer zur ersten.

Die ist natürlich teurer. Die zweite Messe ist doch genauso schön, Frau Hajek.

Sie gab dem Pfarrer zweihundert Schilling und legte dann noch zwanzig Schilling dazu, für die schöne Predigt.

Das kann ich nicht annehmen, sagte der Pfarrer und drehte den Zwanziger zwischen den Fingern. Die Pflicht darf nichts kosten.

Dann geben Sie es der Mission, antwortete sie und fügte nach einer Weile hinzu: Oder den Ministranten, geben Sie es den Ministranten.

Im Gasthaus hatte in der Zwischenzeit Josef Hajek seiner Mutter das Glas vollgeschenkt und sich selbst bedient. Er vermied jedes Gespräch, schaute ununterbrochen auf das Plastiktischtuch. Als der Vorbeter Hannis Rücken beim Fenster vorbeihuschen sah, bat er alle Trauergäste, sich zu erheben und mit der Witwe noch ein Vaterunser für den Toten zu beten.

Wo waren Sie denn so lange, fragte danach ihr Sohn. Er fuhr ihr mit seinen Pratzen über den Buckel.

Mein Naz ist am selben Tag gestorben wie der alte Prinz. Sie nickte, und es schien, sie würde ein wenig lachen.

Welcher Prinz, fragte Josef, der Floh-Prinz oder der lange Prinz?

Jö, das hat mir der Pfarrer nicht gesagt.

Ihre Würstel wurden gebracht, und sie begann zu essen.

Sagen Sie, Mutter, begann Josef nach einer Weile in sein Glas hineinzusprechen, wann war denn das mit den Russen? Wann soll denn mein Vater der alten Zehetbäurin das Leben gerettet haben, er ist doch erst vom Krieg zurückgekommen, als ich schon wieder daheim war.

Hanni Hajek tat zunächst, als ob sie die Frage überhört hätte. Als der Sohn ihr aber ins Gesicht sah, begannen ihre Lippen zu zittern. Sie preßte sie fest zusammen, zu einem Wulst, den sie bis zur Nase hinaufdrückte. Ihre Augen verschwanden hinter den Falten ihres Gesichts, über das sie mit dem Ärmel ihres Kleides wischte.

Ich habe es gewußt, schrie Josef heraus, das hat alles nicht zusammengepaßt, der hat mir nur Märchen erzählt.

Er trommelte mit den Fäusten auf den Tisch. Seine Mutter nahm den Arm vom Gesicht, beugte sich zu Josef hinüber und sagte mit tonloser Stimme: Aber jetzt ist er tot. Ihre Brandnarbe auf der Stirne leuchtete rot. Die Trauergäste waren aufmerksam geworden. Was gibt es denn, fragte der Vorbeter. Alle warteten auf die Antwort, niemand gab sie.

Nicht einmal heute, flüsterte die Edingerin, indem sie auf das Weinglas deutete und den Kopf schüttelte.

DEN ZIEGENMILCHKAFFEE und das Margarinebrot hatte Ignaz Hajek auf dem Bett sitzend eingenommen. Den schweren Mantel hatte er anbehalten. Wenn ihn fröstelte,

zog er den Kragen enger zusammen. Die Margarinebrot-
stücke tauchte er in den Kaffee, bevor er sie in den Mund
schob, dabei sah er dem roten Kater zu, der lange zwischen
Schutzengelbild und Zuckerdose hockte und sein Fell
schleckte, dann aber unter das Bett sprang. Hanni begann
herumzuräumen, selten wußte Ignaz, was sie tat.

Hast das Gas abgedreht, fragte er.

Ich drehe es ja immer ab, antwortete sie und kontrol-
lierte noch einmal den Gashahn.

Der Kaufmann im Dorf hatte ihr den Gasbrenner aufge-
schwatzt und die Propangasflasche gleich mit seinem Auto
geliefert. Ignaz Hajek fürchtete, das Haus werde eines Tages explodieren. Außerdem war es, seit Hanni den Herd
nicht mehr heizte, kalt in der Stube. Erst wenn die Fenster-
scheiben gefroren waren, legte Hanni den eisernen Ofen
frei, der im Frühjahr wieder vollkommen unter angehäuf-
tem Hausrat verschwand.

Nach dem Frühstück ging Ignaz Hajek wie jeden Morgen in die Kammer, in der er als Kind geschlafen hatte, in
der sich jetzt alles ansammelte, was in der Stube keinen
Platz mehr fand. Als er auf der Butte saß und einen gelben
Schleim abließ, mit kleinen Brocken darin, erinnerte er
sich, daß an dieser Stelle, an der Hanni und er nun schon
seit Jahren die Notdurft verrichteten, früher immer der
Christbaum gestanden hatte. Hier in der Kammer war
noch der alte Lehmboden, in der Stube hatte Ignaz Hajek
vor seiner Hochzeit einen Bretterboden verlegt. Jedes Jahr
zu Weihnachten hatten sie früher die Erde mit Haue und
Schaufel wieder eingeebnet und neu gestampft.

Ein Weihnachtsabend war Ignaz Hajek noch in guter
Erinnerung. In den zwanziger Jahren war das. Ignaz Hajek
kam bald aus der Schule und lebte allein mit seinem Vater,
dem strengen Dragoner. Obwohl er längst wußte, daß es

sein Vater war, der den Lebkuchen der Zehetbäurin auf den Christbaum hängte, durfte er die Kammer vor der Bescherung nicht betreten. Einmal tat er es dennoch, in der Meinung, sein Vater wäre fortgegangen. Doch da saß Hugo Hajek auf einem Sessel, hielt in der einen Hand seine Pfeife und in der anderen das Hochzeitsbild. Er zuckte zusammen. Seine Augen waren rot umrandet. Langsam erhob er sich, streckte den Rücken durch und sagte zu seinem vierzehnjährigen Sohn: Jetzt hast du das Christkind verscheucht. Am Abend stand neben dem Bett von Ignaz nur ein leerer Teller, keine Äpfel und keine Nüsse darauf. So blieb es auch in den folgenden Jahren. Das nächste Weihnachtsgeschenk bekam Ignaz erst nach der Hochzeit, von Hanni.

Über seinen Beinen hielt Ignaz Hajek die Schöße des Wintermantels zusammen. Sein Darm war noch nicht ganz entleert, da wurde ihm schlecht. Er wußte nicht, wie er den Kopf und den Arsch gleichzeitig über die Butte halten konnte. Als er aufstand, stieß es ihm das ganze Frühstück heraus. Er spuckte ein paarmal und wischte sich mit dem Ärmel über den Mund. Dann legte er sich in der Stube aufs Bett. Den Mantel behielt er an. Hanni konnte es ihm nicht ausreden, wieder aufzustehen, als er sich wohler fühlte.

In der einen Hand einen leeren Getreidesack, in der anderen seinen Stock, ging Ignaz Hajek den Hügel hinab und blieb beim Zufahrtsweg zum Zehetbauern unter dem Eichenbaum stehen. Er stocherte im gezackten, gelbbraunen Laub herum, dann bückte er sich nach einer Eichel, hob sie auf und nahm ihr das Hütchen ab. Die braungestreifte Schale gab dem Druck der harten Finger ein wenig nach. Er schälte sie mit dem Taschenmesser, nahm dann die gelben, an manchen Stellen mit einer dunkelbraunen Haut überzogenen Kernhälften auseinander und brach eine in der Mitte durch. Als die Zweige ein wenig aufrauschten, fiel ein trockenes Blatt auf die grauen Strähnen seines Kopfes. Er griff danach und zerbröselte es in der Hand. Mit der Bewegung der Luft schien auch das Sonnenlicht sich zu bewegen, zu schwanken. Alles bekam einen ungewissen Schein. Er kniete nieder und begann die Eicheln in den Sack zu sammeln, nahm ihnen, wenn nötig, die Hütchen ab. Langsam rutschte er dem Stamm entgegen und wieder zurück. Immer, wenn ihm der am Boden schleifende Mantel unter die Knie geriet, drohte er nach vorne zu fallen. Kruzi, murmelte er dann.

Auf dem Weg kam der blonde Brandstetter Andreas mit seinem Fahrrad vorbei. Hinten hatte er einen Holzwagen angehängt, auf dem seine kleine Schwester herumpurzelte und um so lauter lachte, je näher sie daran war, auf die Schottersteine zu stürzen. Andreas ließ sein Fahrrad fallen und kam näher. Sein Gesicht war von einem Ohr zum anderen mit einem Pflaster verklebt, über dem gerade noch die Augen hervorschauten. Er wand sich und preßte die Hände in die Hosentaschen. Der Alte nahm die Geldbörse und gab ihm fünf Schilling. Nun konnte der Bub wieder ruhig stehen.

Zuviel Rad gefahren, fragte Ignaz Hajek.

Der Pflug hat mich erwischt, als der Vater gewendet hat. Jetzt muß ich noch eine Woche liegen und habe schulfrei. Und was machst du da?

Das sind die Arme-Leute-Nüsse. Willst kosten?

Er schälte ihm eine. Andreas kaute unentschlossen, würgte und pustete dann die Stücke unter seinem Verband wieder hervor. Schmeckt ja wie Holz.

Da stand das kleine Mädchen neben ihnen, in Wollstrümpfen und einer viel zu großen orangefarbenen Weste. Aus dem linken Ärmel hing eine Pistole heraus, deren Lauf sie mit den Fingern umklammerte. Andreas sprang hin, riß ihr die Waffe aus der Hand und schrie sie an: Du sollst sie niemandem zeigen, habe ich gesagt.

Er schlug ihr mit der Faust auf den Kopf, daß sie taumelte, sich mit den Füßen in der nachschleifenden Weste verfing und umfiel. Bevor Ignaz Hajek ihn hätte aufhalten können, war der Bub schon bei seinem Fahrrad und fuhr davon.

Ist das eine echte Pistole, fragte Ignaz Hajek. Heulend sah die Kleine ihrem Bruder nach.

Was macht ihr damit?

Als Andreas nach ein paar hundert Metern stehenblieb, hörte sie zu weinen auf und lief ihm mit fliegender Weste nach.

Jetzt bringen sich schon die Kinder um, dachte der Alte, der wie alle im Dorf davon wußte, daß der Brandstetter Waffen besaß. Beunruhigt blickte er zu den Schwalben hinauf, deren Schatten die Wiese belebten. Er wandte sich wieder seiner Arbeit zu, sah nur auf, wenn ein Traktor oder ein Auto auf dem Dorfweg vorbeifuhr. Dann hob er meist die Hand zum Gruß.

Als der Strasserbub von der Schule heimging, tat Ignaz Hajek so, als würde er ihn nicht sehen. Kinder, denen Ignaz Hajek Geld gab, hatten ihn einmal gefragt, warum er dem Strasser keines gebe, und er hatte geantwortet, weil ihn der Strasserbub nicht grüße. Die Kinder wußten, das stimmte nicht. Der Strasserbub hatte das Grüßen nur aufgegeben, weil er trotzdem nie Geld bekam. Den wahren Grund dafür konnten die Kinder nicht wissen, es war eine alte Geschichte.

Als der Vater des Buben, der Strasser Florian, noch ein

Kind war, half er Ignaz Hajek einmal Besen auf die Schubkarre zu verladen und die Fracht mit Stricken niederzuschnüren. In Kirchbach, wo Ignaz Hajek die selbstgefertigten Besen verkaufte, zählte er am Abend das Geld, und dabei fiel ihm auf, daß die Summe um den Preis von zwei Besen zu niedrig war. Zwei Besen waren also verschwunden, und für Ignaz Hajek stand fest, nur der Strasser Florian konnte sie beim Verladen beiseite geschafft haben. Das wunderte ihn nicht einmal, denn der Strasser Florian war ein Schleiferbub. Schon in früher Jugend zog er mit seinem Vater mit, verbrachte den halben Tag im Wirtshaus. Und während der alte Strasser Poldl die ganze Woche mit seinem Handwagen unterwegs war, um Messer und Scheren zu schleifen, gingen die Dorfmänner zu seiner Frau, der Strasser Annerl. Manchmal, wenn sonst niemand zur Verfügung stand, durfte auch Ignaz Hajek zu ihr. Je öfter sie die Männer zu sich ließ, desto mehr wurde sie von ihnen verachtet. Als ihr Sohn heiratete, fand ihr ertragloses Geschäft auf dem Dorfanger ein jähes Ende. Ihr Mann war am Polterabend noch nicht zu Hause. Da niemand sich bereit fand, für ihren Florian Böller zu schießen, beschloß sie, es selbst zu tun. Dabei ging ein Schuß vorzeitig los, und die Ladung fuhr ihr unter die Röcke. Monate mußte sie im Bett zubringen. Als sie wieder aufstehen konnte, kam sie mit gespreizten Beinen daher und streckte das Becken hinten hinaus. Im Alter bog sich ihr Körper zu einem rechten Winkel. Ihr Rücken hatte sich nicht, wie bei Hanni Hajek, allmählich nach vorne gewölbt, sondern in Beckenhöhe einen scharfen Knick bekommen, so daß es aussah, als müßte sie jeden Augenblick umfallen. Die Frauen waren mit dem Pfarrer einer Meinung, dies sei die Strafe Gottes. Die Männer erzählten, der Strasserin habe es das Wuserl zerschossen, und sie lachten dabei so laut, daß die Frauen zu ihren Kindern schauten, ob die auch nicht mitlachten.

Einmal, als Hanni einen Tag bei ihrer Mutter aushalf, hatte Ignaz Hajek vergeblich an die Tür der Strasser Annerl geklopft. Er sah Licht brennen, aber sie öffnete nicht. Verdrossen ging er vor dem Haus auf und ab. Eben wollte er wieder klopfen, da stand plötzlich sein Vater hinter ihm.

Du Hurenbock, schrie er. Er schlug mit dem Stock auf den Fünfunddreißigjährigen ein. Dir werde ich beibringen, was ein Dragoner ist!

Ignaz krümmte sich zu Boden, sein Vater trat ihn mit den schweren Stiefeln. Dann schleppte er ihn heim, da Ignaz sich nicht mehr aufrichten konnte. Am nächsten Tag erzählte er Hanni, ein Pferd habe ausgeschlagen und Ignaz unglücklich getroffen. Später erfuhr Ignaz, daß sein Vater der Strasser Annerl gedroht hatte, er werde ihn kastrieren, sollte sie Ignaz noch einmal zu sich lassen.

Wenn die Strasser Annerl jetzt mit ihrem schleppenden Gang am Sonntag nach der Messe ins Gasthaus kam, um eine Beuschelsuppe zu essen, wandten sich die wenigen Jugendfreunde, die noch lebten, ab. Sie wollten ihr keinen Anlaß geben, von früher zu erzählen. Ignaz Hajek setzte sich zu ihr. Nur ihrem Sohn und ihrem Enkel traute er nicht.

Ein Stumpf von drei Kilo Eicheln war beisammen, als Ignaz Hajek sich von seinen nassen Knien erhob und langsam den Rücken durchstreckte. Weil dabei der Leitungsmast schwankte, sich auf ihn zuneigte, wieder in die Ferne rückte, zog er den Sack zum Baum und setzte sich darauf. Den Hinterkopf rieb er an der kantigen Borke, dabei blies er die stechende Luft in das Durcheinander der Schwalben. Später, als ihm die Umgebung wieder vertraut war, schleppte er sich zum unterhalb des Dorfwegs verlaufenden Bach. Er blickte in die leise sich kräuselnden Wellen, durch die, zwischen Schaumblasen, golden und silbern der Sand schimmerte, und er vergaß sein steif gewordenes Kreuz, blickte in das Wasser, an dem seine Mutter starb. Damals gab es noch Fische im Bach.

Gegen Ende des ersten Kriegs, Ignaz Hajek war noch keine acht Jahre alt, ging er mit seiner Mutter, Marie Hajek, Reisig sammeln. Sein Vater hatte Feldpost von der Südfront geschickt. Dieser Frühlingstag war sehr heiß geworden, und sie hatten nichts zu trinken mitgenommen. Mit ausgetrockneten Mündern suchten sie den Bach, der dort im Wald seine Quelle hatte. Sie fanden eine Stelle, wo das Wasser klar war und leicht zugänglich. Die Mutter legte sich auf den Boden, sog lange das kalte Wasser in ihren erhitzten Körper hinein. Danach trank Ignaz. Am Abend fühlte sich die Mutter nicht wohl. Sie begann zu frieren. Auch in den nächsten Tagen war ihr nicht besser. Als sie beim Eineggen der Hafersaat die Ochsen des Zehetbauern führte, trug sie ihre dicke Winterjacke und Schafwollsocken, trotzdem war ihr noch kalt. Die Leute sagten: Du mußt zum Doktor gehen. Sie wartete zu, aber das Frösteln ließ nicht nach. An einem Sonntag ging sie nach Großgerungs zur Messe und klopfte anschließend an der Haustür von Dr. Sturm. Der war es gewohnt, daß ihn die Landleute am Sonntag nach der Messe aufsuchten. Er gab ihr ein Fläschchen mit Medizin, sagte ihr aber nicht, an welcher Krankheit sie leide. Die Medizin nützte nichts. Marie Hajek, einst eine korpulente Frau, wurde mager. Sie bekam einen dürren Hals, an dem Knochen, Sehnen und Kehlkopf heraustraten. Dazwischen waren tiefe Hohlräume. Ignaz Hajek erinnerte sich gut an diesen harten Körper, an den ihn seine Mutter nun öfter drückte. Ständig war sie müde. Um zwei Sensen zum Heuen zu dengeln, benötigte sie einen ganzen Tag. Eine am Vormittag, eine am Nachmittag, mehr schaffte sie nicht. Zum Kornschneiden wurde sie bettlägrig.

Es hatte sich schnell herumgesprochen, daß die damals erst zweiunddreißigjährige Marie Hajek hoffnungslos erkrankt war. Eine alte Frau steckte Ignaz während der Messe ein Döschen mit einer Salbe zu. Auf einem beigelegten Brief stand, seine Mutter solle sich mit dieser Salbe einreiben, jeden Abend. Sie tat dies mehrmals, bis die Gelenke anschwollen und ihr ganzer Körper sich mit Wasser füllte. Da riet eine andere Frau der alten Zehetbäurin, sie solle für ihre Magd Sand aus dem Bach schaufeln, diesen an einem sonnigen Ort trocknen lassen und dabei mehrmals wenden. Wenn er ganz trocken sei und warm, solle sich die Hajek jeden Tag von elf bis zwölf Uhr mittags darinnen vergraben. Dies tat Marie Hajek mehrere Wochen lang. Schließlich war sie schon so geschwächt, daß sie nicht mehr allein aus dem Bett steigen konnte. Ihr Körper blieb voll Wasser und schwoll täglich noch mehr an. Es sah aus, als müßten ihr die Füße platzen. Sie begann verwirrt zu reden. Einmal sagte sie zu Ignaz: Du mit deinem Affengesicht. Der alte Zehetbauer beruhigte ihn, die kennt sich nicht mehr aus. Zum Grummetheuen starb sie. Bis sein Vater aus Italien zurückkam, wohnte Ignaz beim Zehetbauern. Hugo Hajek hat seine Frau nicht mehr gesehen. Weil ihre Leiche zu stinken begann, wurde sie einen Tag, bevor er heimkam, bestattet.

Über der Böschung auf der anderen Seite des Baches blieb ein mit Strohballen beladenes Gespann stehen. Hinter dem Kotflügelsitz kamen die buschigen, über der roten Nase zusammengewachsenen Augenbrauen des Wagner Ferdl hervor. Ein Wetter zum Jungbleiben, schrie er herab.

Dazu müßte man es einmal gewesen sein, antwortete Ignaz Hajek und setzte hinzu: Im Bach sind keine Fische mehr.

Kein Wunder, lachte Wagner, unser Spritzzeug mögen sie nicht.

Ignaz Hajek blickte wieder in den Bach: Aber man sagt, wo Fische sind, geht's den Menschen gut.

Da lachte der Wagner Ferdl noch lauter: Ja, die Zeit hat alles verdreht. Ich habe das Stroh noch nicht daheim, da graben andere schon Erdäpfel. Früher wurden die kleinen Bauern doch eher mit der Arbeit fertig als die großen, heute ist es umgekehrt. Willst du Zwetschken haben?

Ich schon, aber mein Bauch nicht.

Der Wagner startete den Motor und schrie zurück, während er bereits losfuhr: Also sag's der Hanni wegen der Zwetschken.

Ignaz Hajeks Gesicht war beim Lachen des Wagner Ferdl heller geworden. Seine Gelassenheit könnte ich brauchen, dachte er. Er sah dem über die Wegböschung herabwehenden Staubteppich nach und beobachtete dann den Briefträger, der beim Zehetbauern die Post durch das Küchenfenster hineinreichte, von dort aber mit seinem Motorrad nicht zurück zum Käferhof, sondern den Hügel hinauffuhr. Auch wenn er nur langsam vorwärtskam und die Füße dabei schleifen ließ, es zog den Alten heim.

DIE WÜRSTEL WAREN SCHON AUFGEGESSEN, den Trauergästen blieb nur mehr der Wein. Mit stierem Blick saß Josef Hajek neben seiner Mutter. Er war ganz bewegungslos geworden. In seiner Linken wurde das Weinglas warm, in der Rechten brannte eine Zigarette ab. Der Wirt schob im Vorbeigehen einen Aschenbecher unter die krumme Spitze und stupste sie mit dem Fingernagel ab. Josef schien das nicht einmal zu bemerken. Er wartete auf eine Erklärung seiner Mutter und hoffte zugleich, sie würde sie nicht jetzt, vor allen Leuten, geben.

Am anderen Ende der Tafel erzählte der Edinger, wie schwer der Naz gewesen sei. Der Zehetbauer habe ihn geholt, weil er den Leichnam nicht allein habe hochheben können, aber auch zu zweit hätten sie noch Mühe gehabt, ihn abzunehmen. Vor allem, sagte er, man hat ihn nicht richtig anpacken können, weil die Scheiße ist ihm bei den Hosenhaxen herausgeronnen.

Die Jungen bekamen lange Hälse beim Zuhören. Sie wären gerne dabeigewesen, als Ignaz Hajek abgenommen wurde, aber da schliefen sie schon. Hanni hatte ihren Mann erst um halb elf Uhr in der Nacht gefunden.

Ich habe gedacht, der ist im Wirtshaus, erzählte sie, fernsehen vielleicht, und kann sein, er hat Josef dort getroffen, es war ja Freitag. Ich habe gewartet und gewartet und immer wieder zum Dorfweg hinabgesehen, aber unter der Straßenlampe ist niemand vorbeigegangen, nur die Käferin, die trägt ihre Kannen oft so spät ins Milchhaus hinauf. Da war es sicher schon neun.

Soll ich das Gas noch einmal aufdrehen und ihm das Wasser für den Thermophor wärmen, oder soll ich noch warten? Diese Haderlumpen, habe ich mir gedacht, jetzt gehe ich aber auch fort. Ist kaum aus dem Bett und schon läßt er mich allein knotzen. Ich habe meine Handtasche genommen und bin ins Wirtshaus gegangen. Da waren ein paar Männer, aber meine waren nicht da, und die Wirtin hat gesagt, daß sie den Naz seit Monaten nicht gesehen hat. Der Reisinger-Karl-Bub, wie heißt er denn, der Jüngere...

Hansl, sagte der Vorbeter, da Josef sich nicht rührte.

Ja, der Hansl hat gesagt, ich soll zurückkommen, wenn ich den Naz nicht finde, er hilft mir dann suchen.

Da bin ich halt wieder heimgegangen. Daß es so etwas gibt, habe ich mir gedacht, der kann doch nicht verschwunden sein, den muß ich doch irgendwo auftreiben können. Daheim ist es mir dann wie eine Erleuchtung gekommen. Er kann nur im Heu liegen.

Mit der Laterne bin ich in den Schuppen gegangen. Sie blickte Josef an. Dein Schlafplatz war leer, und es hat auch nicht so ausgesehen, als ob da jemand gelegen wäre. Ein bißchen habe ich noch herumgeleuchtet, zuviel habe ich mich nicht getraut, wegen des Heus. Da ist plötzlich direkt vor mir etwas aufgeschlagen. Ich habe mich so geschreckt, daß ich mich gar nicht mehr bewegen konnte und mir alles wehgetan hat. Was weiß ich, was das war, die Katze vielleicht, ich habe dann nichts mehr gesehen. Und wie ich weggehen wollte, hat mir die Schubkarre den Weg versperrt, so schräg ist sie dagelegen, auf der Seite, und ich habe mich noch gewundert, weil ich sie ja ordentlich in die Ecke gestellt hatte, beim Tor vorne, wo der Dreschflegel an der Säule hängt. Jetzt aber ist sie umgefallen mitten im Schuppen gelegen. Als ich sie aufgestellt habe, da habe ich ihn dann gesehen.

Ihre Stimme war beim letzten Satz ganz leise geworden. Die Gesichtsfalten zog sie noch enger zusammen, sie ließ den Kopf hängen, schluchzte ein wenig. Die umsitzenden Frauen hatten ihr zugehört und griffen in der plötzlichen Stille nach den Gläsern oder nahmen ein Taschentuch zur Hand, das sie dann doch nicht verwendeten.

Ich bin schon ganz damisch, sagte die Brandstetterin. Sie schob den Weinkrug von sich weg. Josef packte seine Mutter am Buckel, brummte ihr ins Genick. Sein Oberkörper schwankte.

Und dann, sagte die Wagnerin zu Hanni, hast du den Zehetbauern geholt. Die Alte nickte stumm.

Zu Mittag brachte der kleine Zehetbauer Fritz mit staubigem Gesicht und zerfetzter Hose einen Laib selbstgebackenes Brot ins Häuschen am Hügel. Einen schönen Gruß von den Eltern, sagte er, sie wünschen gute Besserung.

Dem alten Zehetbauern hatte einmal jemand im Traum prophezeit, daß es ihm in der Ewigkeit schlecht ergehen werde. Von da an hatte er zu Weihnachten und zu Ostern an alle Kleinhäusler des Dorfes Brot verteilt. Sein Sohn setzte diese Tradition fort. Da aber die Kleinhäusler ihr Geld mehr und mehr in der Stadt als Arbeiter verdienten, beschränkte er sich bald darauf, jedesmal wenn am Hof Brot gebacken wurde, den Hajeks einen Laib zu schenken.

Früher hatten die Hajeks selbst Brot gebacken. Weil das Kornmehl so teuer war, mischten sie Hafermehl in den Teig. Beim Backen entstanden durch den Haferzusatz Risse im Brot. Nahm man es aus dem Simperl, zerfiel es in Stücke. Solange Josef daheim war, durften sie das Brot niemandem anbieten und mußten es im Backkorb lagern, weil es dann trotz der Risse noch wie ein zusammenhängendes Stück aussah. Als Kind hatte Josef dieses Brot sogar lieber gemocht als das reine Kornbrot des Zehetbauern, aber sobald er erkannt hatte, daß es ein Arme-Leute-Brot war, schmeckte es ihm nicht mehr. Nicht einmal zu einem ordentlichen Stück Brot haben Sie es gebracht, sagte er einmal zu seinem Vater. Der holte mit der Hand aus, hielt dann aber inne. Laß dich doch von den Bauernkindern nicht verrückt machen.

Fritz kam gerade rechtzeitig. Die Hajeks saßen nebeneinander auf dem Bett, hatten vor sich je einen Stuhl stehen und aßen Erbsensuppe. Ignaz Hajeks Gesichtshaut, brüchig wie ein ungefetteter Schuh, wurde weich, als ihm Fritz das Brot gab. Er dankte, ritzte mit dem Taschenmesser drei Kreuze in den Laib und schnitt ihn an. Das Scherzel zerkleinerte er zu Würfeln, die er zuerst in seine eigene, dann in Hannis Suppe warf. Der rote Kater sah ihnen von der Kredenz aus zu. Hanni fiel ein, daß vom Vortag noch Leberpastete übrig sein müßte. Sie überlegte, ob es erlaubt sei, sie an einem Freitag der Katze zu füttern. Wenn ich könnte, sagte Ignaz Hajek, würde ich sie selbst essen. Hanni holte die Blechdose, der Kater hatte sie längst ausgeschleckt.

Willst dich nicht ein bißchen hinlegen, fragte Hanni, als sie die Suppe gegessen hatten. Er blieb sitzen und strich sich mit den Händen über den Bauch, in dem sich die warme Flüssigkeit staute.

Auf dem Boden stand ein Päckchen von einem Versandhaus, das der Briefträger gebracht hatte. Umständlich öffnete Hanni die Schnüre, legte das Packpapier zusammen und zog ein stahlblaues Kostüm aus dem Karton. Er sah ihr ruhig zu, wie sie in den Rock stieg und ihn so weit über ihr dunkelbraun geblümtes Kleid zog, daß dies unten wieder hervorschaute, und wie sie sich in die Jacke hineinmühte, aus deren Kragen ein Schild hing. Sie stakste zwischen den Gläsern, Dosen und Reindeln, verschaffte sich mit ein paar Fußtritten Spielraum, zog und zupfte an der Jacke, die ließ sich aber vorne nicht zuknöpfen.

Und was machst du damit, fragte er.

Auf den Ball gehe ich.

Er erhob sich, zog sie am Konfektionsschild, faßte sie am Bauch und zwickte ihre Brustfalte.

Mit mir?

Ja, lachte sie nun laut heraus, gehen wir auf den Feuerwehrball, die würden schön schauen. Vor dem kleinen Rasierspiegel drehte sie sich hin und her, versuchte sich, so weit es ging, aufzurichten.

Aber mein Buckel paßt gar nicht zum Kostüm.

Die Spitzen seines Schnurrbarts hoben sich, zwischen den Zahnlücken kam ein Kichern hervor, das in heftiges gurgelndes Husten überging.

Schau dazu, sagte er, daß du hundert Jahre alt wirst, damit du dein Gewand zerreißen kannst.

Sie hob die Arme. Dabei rutschte die ganze Jacke hinauf.

Ich habe es dunkler bestellt, sagte sie. Ist es halt heller. In der Kirche ziehe ich es sowieso nicht an.

Und zum Tanzen reicht es schon, sagte er.

Da schwieg sie.

Nach dem Flachsspinnen, meist zwischen Weihnachten und Neujahr, war früher auf dem Zehetbauerhof immer ein Rockentanz abgehalten worden. Ignaz Hajek stellte sich beim Tanzen so ungeschickt an, daß ihn alle auslachten. Bald schaute er nur mehr zu. Sein Vater spielte Knopfharmonika. Er stampfte mit den Füßen und gab böhmische Volksweisen zum besten, die in Ober-Neuschlag bald sehr beliebt waren. Seinem Sohn konnte er weder das Harmonikaspielen noch das Tanzen beibringen. Er hatte keine Geduld mit Ignaz und schrie ihn an, wenn er einen falschen Ton spielte oder beim Tanzen das Gleichgewicht verlor und einen falschen Schritt machen mußte. Nach des Vaters Tod verkaufte Ignaz die Knopfharmonika beim Altwarenhändler in Großgerungs. Er wollte nicht, daß Josef darauf spielen lernte. Kein einziges Mal hatte Hanni ihn überreden können, mit ihr zu tanzen.

Auf dem Weg zur Kammer bückte er sich beim dicken, einstmals weißlackierten Holzbalken mit der eingekerbten

Zahl 1901 seit fünfzig Jahren schon so automatisch, daß er ihn gar nicht mehr sah. Mit einer Weinflasche in der Hand kam er in die Stube zurück und kramte in der Kredenzlade unter allerhand unnützen Dingen nach dem Korkenzieher. Im Sommer, als er schon drei Wochen im Bett gelegen hatte, kam der Wirt mit dem Wein vorbei. Hanni mußte ihrem Mann versprechen, die Flasche aufzubewahren, bis er wieder gesund sei.

Hinter der oberen Klapptüre der Kredenz fand er seine Pfeife und das Blechdöschen mit Tabak, den er sich aus einer billigen Sorte und den Resten gesammelter Zigarettenstummel mischte. Hanni entdeckte ein Glas hinter dem Ofen. Mit dem vorstehenden Kleidersaum wischte sie den Rand ab. Ein zweites konnte sie nicht finden.

Alles verräumst du, sagte er. Ihr Lächeln erfror. Ihre Lippen zuckten.

Er ließ sich auf dem Bett nieder, entkorkte die Flasche, schenkte ein und begann die mit einer holzgeschnitzten Röhre verlängerte Tonpfeife zu stopfen. Als Hanni wieder neben ihm saß, nippte sie am Glas, als wäre es eine unangenehme Pflicht, von dem Wein zu trinken. Er goß sich den Mund voll und ließ den Wein von einer Backe in die andere gleiten. Da wurde sie unruhig.

Nur ein bißchen, hat der Doktor gesagt.

Dafür nimmt er unsere Rente, antwortete er.

Schon der erste Schluck Wein breitete sich in seinem ganzen Körper aus und ließ langsam eine diesige Wärme in seinen Kopf steigen. Er stellte das Glas weg, denn er fürchtete, beim nächsten Schluck schwindlig zu werden. Mit tiefen Zügen zündete er sich die Pfeife an, mußte zwischendurch husten und ausspucken, brachte sie dann aber schön zum Qualmen.

Wir verkaufen die Sau und die Geiß, sagte er.

Hanni zupfte an den Knöpfen des neuen Kostüms.

Da fuhr er sie an, von einem Augenblick zum anderen: Wer soll denn im Frühjahr mähen? Ich kann es nicht mehr.

Zaghaft antwortete sie: Ich könnte es ja probieren.

Weg damit. Wir brauchen die Viecher nicht. Die Milch kaufst du beim Zehetbauern, und für die paarmal, die wir Fleisch essen, das wird er uns auch noch verkaufen.

Je länger sie ihn ansah, desto heftiger wurden ihre zittrigen Kopfbewegungen, die Nicken und Verneinen bedeuten konnten. Er begann schneller zu paffen, als könnte er dem Schneiden und Stechen in seinem Bauch mit alten Gewohnheiten zuvorkommen. Dann wurde er ruhiger.

An manchen Tagen, sagte er nach einer Weile, wird man weggeworfen.

Die Hütte am Berg war in das Schweigen des alten Gerümpels zurückgesunken, in das zuletzt auch das stahlblaue Kostüm sich einfügte. Hanni Hajek zog es aus und stopfte es zu den anderen nie getragenen Blusen, Jacken und Kleidern in eine der herumliegenden Versandhausschachteln, in denen Motten und Mäuse nisteten. Dies war ihre Art, die Rente zu verbrauchen, die Ignaz Hajek vor zehn Jahren unerwartet zugesprochen bekam. Seit er bettlägrig war, blätterte sie häufiger in den Versandhauskatalogen. Im Sommer wollte sie an einem Markttag nach Großgerungs fahren. Ihr Mann bat sie, sich nicht mehr so weit von ihm zu entfernen, solange er nicht gesund sei. Er wolle sie daheim haben, wenn er sterbe. Seither war Hanni nicht mehr in Großgerungs gewesen. Für das Geld, das ihr am Monatsende übrigblieb, bestellte sie Kleider. Das Versandhaus gratulierte ihr dieses Jahr zum Geburtstag. Sie heftete die Karte mit einem Reißnagel an die Seitenwand der Kredenz.

Ignaz Hajek legte die Pfeife weg, ohne sie zu Ende geraucht zu haben. Er verließ wieder das Haus. Den Wegrand entlang, hinab bis zum Eichenbaum, hinterließ die Eisenspitze seines Stockes kleine Löcher. Sein Gang war unsicher, aber es sah so aus, als ob er es eilig hätte.

Im Dorf gab es einen Mann, inzwischen neunundsechzig und damit sechs Jahre jünger als Ignaz Hajek, der immer, auch bei der Feldarbeit, einen schwarzen Hut trug. Jeden Augenblick rechnete er damit, zu einem Toten geholt zu werden. Er galt als seltsam, weil er sich absonderte, allein durch den Wald und über die Felder streifte, die Frucht der anderen Bauern besah, und ihnen, wenn er sie traf, eine schlechte Ernte voraussagte. Seine Beine waren so kurz, daß er beim Feuerwehraufmarsch mit den anderen nicht Schritt halten konnte. Um dennoch dabeisein zu können, verkaufte er an die Zuschauer Schleifen, die er ihnen mit einer Stecknadel an die Kleider heftete. Einen Burschen, der nicht zahlen wollte, verfolgte er einmal bis ins nächste Dorf. Als er zurückkam, war die Florianifeier vorbei. Gesellig war er nur, wenn er getrunken hatte, was selten vorkam, aber dann konnte er nicht mehr aufhören und war der letzte, der heimgehen wollte.

Adolf Reiter, genannt der Leichen-Reiter, war, seit er in jungen Jahren von auswärts zuzog und um Anerkennung ringen mußte, derjenige, der die männlichen Leichen im Dorf wusch und sie ankleidete. Bei den üblichen Todesfällen stand er mit seinem schwarzen Hut meist schon am Totenbett, wurde auch manchmal von den Sterbenden noch gegrüßt und drückte ihnen, wenn die Angehörigen versagten, die Augen zu.

Während der Gemeindearzt den Hals von Ignaz Hajek

inspizierte und dessen Kopf drehte, stand der Leichen-Reiter mit zwei Kübeln, Lappen und Handtuch hinter ihm, bereit für seinen Einsatz, der gewöhnlich vor dem Arztbesuch erfolgte. Dem Arzt war das recht, weil dadurch die Toten nicht nach Fäkalien stanken, sondern nach Kernseife. Nur einmal, als der Leichen-Reiter einen Bauern vom Wald heimbrachte und ihn anschließend gleich wusch, hatte es ihm der Arzt zum Vorwurf gemacht, an den Toten herumzumanipulieren, noch bevor er sie untersucht hatte.

Auch diesmal erledigte der Alte seine Arbeit gründlich und zeichnete am Schluß, wie er dies immer tat, dem zurechtgemachten Ignaz mit Weihwasser ein Kreuz auf die Stirn. Gemeinsam mit dem Zehetbauern trug er den für seine magere Länge erstaunlich schweren Ignaz zu seinem Bett, wobei der Kopf herabbaumelte, als würde er nur an einer Schnur hängen. Danach nahm er seinen Hut von der Wäschestange neben dem Ofenrohr und ging.

Die Zehetbäurin machte ein paar Stunden später eine Entdeckung. Als sie kam, lag Ignaz Hajek schon zurechtgemacht auf seinem Totenbett. Ihre kleine Gestalt, deren Rundungen vom roten Schürzenkleid nur notdürftig zusammengehalten wurden, bewegte sich, trotz ihres Alters von vierundfünfzig Jahren, schwungvoll wie die eines jungen Mädchens. Sie brachte Kornähren mit und steckte sie in das Weihwassergefäß auf dem Nachtkästchen. Sie war auch die erste, die Ignaz Hajek damit besprengte.

Ich habe es geahnt, sagte sie, mir hat vorletzte Nacht von einer Schlange geträumt. Ich habe bei uns die Hofmauer gekalkt, und da ist sie von oben herabgekrochen. Vor lauter Schrecken bin ich gleich aufgewacht. Mein erster Gedanke war, wird doch mit dem Naz nichts sein. Da habe ich ein

Gegrüßet seist Du Maria gebetet, dann war mir leichter. Beruhigt war ich erst, als mir der Fritzi gestern gesagt hat, daß der Naz schon auf ist und daß er sich über das Brot freut. Aber ich hab noch nie grundlos von Schlangen geträumt. Ich versteh das nicht, gerade als es wieder bergauf gegangen ist mit ihm.

Hanni Hajek hatte ihr zugehört. Siehst du, sagte sie, da hast du es auch diesmal geträumt.

Die Zehetbäurin sah sich in der Stube, dann in der stinkenden Kammer um und wußte zunächst nicht, wo sie anfangen sollte. Sie öffnete die Fenster, räumte in der Kammer eine Wand frei und baute dort aus Obststeigen und Brettern, die sie von daheim geholt hatte, ein notdürftiges Regal. Hanni Hajek irrte in der Stube herum, rückte die Dinge von einem Ort auf den anderen. Zwischendurch setzte sie sich zu ihrem Mann an die Bettkante und streichelte ihm die Stirn. Bei fast allem, was die Zehetbäurin anfaßte, sagte Hanni: Das darfst du aber nicht wegwerfen.

Dennoch stellte die Zehetbäurin nicht nur leere Weinflaschen, angebrochene und verschimmelte Konservenbüchsen, zerbrochene Schüsseln und Gläser mit grauen stinkenden Flüssigkeiten vor die Tür, sondern ganze Kartons zernagter Wäsche, die sie unter den Betten, aus Kästen und Ecken hervorholte. Dazwischen fand sie für diesen Haushalt völlig unbrauchbare Dinge, eine elektrische Brotschneidemaschine, eine Warmhalteplatte und ein Sortiment Glühbirnen im Sonderangebot. Unter der Holzlade des Herdes hatte sich etwas verkeilt. Die Zehetbäurin riß gewaltsam die Lade heraus, dabei zerfetzte sie das Buch mit den Prophezeiungen der Sibylle. Immer hatte Hanni behauptet, dieses Buch sei ihr von den Kindern gestohlen worden, die ihr vor Jahren, als sie die Stube weißte, beim Ausräumen geholfen hatten. Es war ihr einziges Buch.

Nun war es nur mehr ein Bündel Papier. Sie freute sich darüber, versuchte es geradezubiegen und drückte es ans Herz.

Zuletzt trug die Zehetbäurin die Butte zum Misthaufen. Es ekelte sie, als sie merkte, warum ihr rechter Fuß so kalt wurde und feucht. Sie ließ das morsche Gefäß fallen, streifte den Schuh ab und hüpfte auf einem Bein zur Wiese, wo sie Grasbüschel ausrupfte, um damit von Strumpf und Schuh die Scheiße abzuwischen.

Bevor sie den Boden zu schrubben begann, räumte sie alles, was sie nicht wegwerfen wollte, aus der Stube in die Kammer. Und dabei fiel ihr die kleine Damenunterhose auf, die sie mit einem Kopfschütteln wegräumen wollte, dann aber plötzlich wiedererkannte. Sie steckte sie ein, ohne Hanni etwas davon zu sagen.

Als die Zehetbäurin am späten Nachmittag mit Fritz die Stühle für die Totenwache brachte, stand Hanni Hajek mit der Geiß neben dem Totenbett und legte ihr die weiße Hand ihres Mannes aufs Fell. Ich finde nichts mehr, sagte sie. Du mußt mir helfen, daß ich meine Sachen wieder finde.

DER WIMMER OTTO war ein pensionierter Maurer, dessen Haus weiter oben am Berg stand. An jenem Nachmittag, als Ignaz Hajek Eicheln aufklaubte und im Getreidesack sammelte, ging er ins Dorf hinunter. Schon von weitem, noch bevor er die Slowakenhütte erreichte, erkannte er seinen Nachbarn. Er war mit ihm als Kind oft zusammengewesen, sie hatten sich heimlich treffen müssen.

Der alte Wimmer war von Anfang an mit Ignaz Hajeks Vater verfeindet gewesen, weil dieser den Posten als

Knecht am Zehetbauerhof annahm, obwohl Hugo Hajek wissen mußte, daß er sich auch darum beworben hatte. Ein Zuwanderer, der die Einheimischen ums Brot bringt, nie werde ich den grüßen. Und er verbot seinem Sohn, mit dem kleinen Ignaz zu verkehren.

Anfangs hatte das nichts genützt, aber nach dem Krieg, als Hugo Hajek schon tot war, ging der Haß der Alten auch bei den Jungen auf. Der Wimmer Otto, dem die Blitzschläge im Sommer ein regelmäßiges Einkommen als Zimmermann sicherten, wollte den elektrischen Strom zu seinem Haus leiten lassen. Da die Slowakenhütte genau zwischen seinem Haus und dem Anschluß beim Zehetbauern lag, drängte er darauf, daß auch Ignaz sich bei der Gelegenheit einen Stromanschluß schaffen lasse; er hätte auf diese Weise die Hälfte der Verlegungsgebühren gespart. Ignaz Hajek hatte aber kein Geld dafür.

Kommt doch gar nicht in Frage, daß ich dir den Stromanschluß zahle.

Da legte der Wimmer Otto sogar noch Geld dazu, nur damit die Stromleitung nicht an der Slowakenhütte vorbeiführte. Auch bestand er ausdrücklich auf einer Stichleitung für ein Einfamilienhaus, bei der keine weiteren Anschlüsse mehr möglich sind. Diese Entscheidung hatte sich vor drei Jahren gerächt. Nach dem Tod seiner Frau hatte er niemanden mehr, der den Ofen heizte. Dem Wimmer Otto selbst war diese Arbeit immer schon zu minder gewesen, das Hantieren mit den Abfällen seines Gewerbes, die er all die Jahre über in Säcken auf dem Motorrad heimgebracht hatte. Überdies gingen diese Holzvorräte zur Neige. Für eine elektrische Heizung war die alte Stichleitung zu schwach. So schickte er einen Dorfbuben zu Ignaz Hajek und ließ ihn fragen, ob er diesmal bei einem gemeinsamen Stromanschluß mitmache. Und wieder antwortete Ignaz Hajek: Kommt doch gar nicht in Frage. Zweiundsiebzig Jahre habe ich ohne Strom gelebt, werde auch den Rest noch aushalten.

Freilich hätte Ignaz einen Fernsehapparat anschließen können. Nur deshalb hatte er manchmal, wenn er am Abend ins Wirtshaus ging, nachgerechnet, ob er sich den Luxus nicht doch noch absparen könnte.

Ignaz Hajek zog ein paarmal den Sack hoch, so daß er unten prall auseinanderging und oben wieder Platz frei wurde, lehnte sich an den Eichenstamm und versuchte, sein Kreuz geradezubiegen. Der Wimmer Otto, der auch in Pension noch seinen blauen Drillichanzug trug, blieb am Weg stehen, schaute zuerst nur, sprach dann aber seinen Nachbarn an, und niemand hätte ihnen angemerkt, daß sie seit siebenundzwanzig Jahren kein Wort mehr gewechselt hatten.

So, Naz, bist wieder gesund?

Es geht, oder es geht gar nicht.

Kommst mit zum Wirten?

Ignaz Hajek deutete auf den Eichelsack, und nach einem kurzen Zögern sagte er: Das nächstemal.

Grußlos setzte der Zimmermann seinen Weg fort. Ignaz Hajek sah ihm lange nach. Da ihn fröstelte, zog er die Ohrenklappen seiner Fellhaube herunter. Es machte ihm nichts mehr aus, daß die Leute behaupteten, der Wimmer Otto sähe ihm zum Verwechseln ähnlich. Sein Schnurrbart, überlegte er, ist ja wirklich vom Pfeifenrauch so gelb gefärbt wie meiner. Ihm war wieder übel geworden. Er wollte zu einem Holunderbusch gehen, mußte sich aber davor schon zusammenkrümmen und den Mantelsaum vor seinem Erbrochenen schützen.

Als der Zehetbauer heimfuhr, um vom Vollernter die

Kartoffeln abzuladen, begann der Sack, auf dem Ignaz Hajek Platz genommen hatte, ein wenig zu schwanken. Der
Zehetbauer sah den Alten mit dem Stock winken, da lenkte
er das Gespann in die Wiese hinein und ließ es vor dem
Baum halten.

Wird Zeit, daß du deine Muskeln wieder bewegst, die
Arbeit ist bald vorüber, sagte er vom Traktor herab.

Ob er ihm den Sack hinauftragen könne, bat Ignaz
Hajek, er sei zu schwach geworden. Der Zehetbauer versprach wiederzukommen und fuhr weiter.

Während er die Kartoffeln über das Förderband rollen
hörte, sammelte Ignaz Hajek noch eine Handvoll Eicheln,
sah sich dabei Säcke in den Keller schleppen, tausendmal
in derselben faulig-erdigen Geruchsspur hin- und zurück-
laufen, zwischendurch ein Schluck aus dem Mostkrug,
aber kein Wort davon, wie sehr die Schulter schon
schmerzte; sah sich dann mit fettigen Fingern bei der
Speckjause sitzen und hörte sich so nebenbei sagen: Eine
schöne Arbeit haben wir heute gemacht, waren gut fünf-
tausend Kilo. Aber das zufriedene und müde Nicken der
anderen gab es nicht mehr, auch nicht den Spott, daß Ignaz
wieder der Schwächste von allen gewesen war, nur das
schrille Aufheulen der Hydraulik vom Zehetbauerhof herüber.

Er band den Eichelsack mit den am Zipfel angenähten
Schnüren zu. Die Sonne stand knapp über dem Giebel der
Hofeinfahrt, aus der das Maschinengespann wieder her-
ausrollte.

Seine Lederhose knautschte, als der Zehetbauer mit
dem geschulterten Eichelsack den Hügel hinaufschritt,
und Ignaz Hajek hatte Mühe, ihm nachzukommen.

Kannst du den Fleischhauer anrufen, schnaufte er, die
Geiß und die Sau soll er holen.

Der Atem von Ignaz Hajek verfing sich im Stutzermantel des Zehetbauern und glitzerte, bevor die Sonne ihn auflöste.

Wenn's sonst nichts ist, antwortete der Zehetbauer und staubte dabei seinen Mantel ab.

Doch. Können wir bei dir Fleisch und Milch kaufen?

Klar kaufst du das bei uns. Er war schon fast den Hang hinunter, da drehte er sich noch einmal um und rief zurück: Geißmilch habe ich aber keine.

Als das Gespann wieder in den Waldweg einbog, sah sich Ignaz Hajek auf der rechten Seite des Vollernters stehen und im gleichmäßigen Tuckern Kartoffeln vom Steinförderband über eine grüne Holzplatte zur Zehetbäurin werfen, die auf das Kartoffelförderband geratene Steine und durchtrennte Kartoffeln auf die Seite von Ignaz Hajek warf. Er hatte Wochen mit der Zehetbäurin auf dieser Maschine verbracht. Sie hatten sich immer gut unterhalten dabei, über die Dorfleute und von früher geredet, manchmal auch Witze erzählt. Er fand, sie sah jung aus mit dem Kopftuch, das sie über die Stirn herabgezogen trug. Und wenn er Schöne Frau zu ihr sagte, waren mehr Steine unter den Kartoffeln als sonst.

Bevor Ignaz Hajek ins Haus ging, hob er den Kopf zur Sonne. Sie war rot aufgetrieben. Er sog die Luft ein, tief und geräuschvoll.

Hanni Hajek hatte die Flasche Wein inzwischen leergetrunken. Sie lehnte im Bett auf einem Berg von Decken und Polstern, hielt den Kopf schief und lachte ihm entgegen. Er ging an ihr vorbei und betrachtete das Schutzengelbild. Ein paarmal hauchte er es an, wischte dann mit dem Ärmel darüber.

Bist fertig, fragte sie, da setzte er sich zu ihr ans Bett.

Die Milch und das Fleisch können wir beim Zehetbauern kaufen. Der Sau darfst du jetzt nur mehr Eicheln füttern, das gibt mehr Gewicht.

Schau, was ich hier habe, sagte die Zehetbäurin zu ihrem Mann, hielt ihm die Faust unters Gesicht, öffnete sie aber nicht, wie oft er sein Kinn auch nach vorne ruckte.

Geld?

Sie schüttelte den Kopf. Da kommst du nie drauf.

Langsam streckte sie die Finger. Aus ihrer Faust quoll ein kleines weißes Unterhöschen hervor. Der Zehetbauer wollte sofort danach greifen, sie zog ihre Hand aber schnell zurück und steckte sie in die Tasche ihres Schürzenkleides.

Der Naz hat sie abgenommen?

Ja, sagte sie, das kann nur der Naz gewesen sein, wie käme die Hose sonst in die Schachtel mit seinen Socken.

Aber warum denn?

Warum wohl, lachte sie. Weil er es war, den du gesehen hast.

Das gibt es nicht, dieser Hund, das gibt es nicht.

Der Zehetbauer wollte wieder nach dem Höschen greifen, sie stemmte den Handrücken gegen die Hüfte und wich zurück.

Nein, das täte dir so passen, nix da.

Niemand im Dorf hatte geahnt, daß Ignaz Hajek der Tochter des Schuldirektors nachstellte, und niemand hätte es für möglich gehalten, daß es ihm gelingen könnte, eine Sprache zu finden, um mit ihr einig zu werden. Er hatte sich Zeit gelassen. Um ihr einmal zwischen die Beine greifen zu dürfen, hatte er ein Drittel seiner Monatsrente geboten, in Ruhe die Haselnußstaude weiter ausgeholzt und dann sein Angebot auf eine halbe Monatsrente erhöht.

Die Helga gab sich erfahren. Sie kam in einem Kleid und kassierte als erstes das Geld. An der halb geöffneten Knopfleiste konnte Ignaz Hajek ihr Herz schlagen sehen.

Der Zehetbauer fuhr mit seinem Traktor zu einem Feld am Alten Berg, da meinte er, im Kobel am Waldrand habe sich eine Staude bewegt. Er hielt an und ging nachsehen. Über Steinhaufen, durch Gestrüpp und Äste kletterte er in den dicht bewachsenen Kobel, bis zu einem Haselnuß-strauch, dessen Ruten das andere Gebüsch überragten. Ein schmaler Gang führte mitten in die Staude hinein. Dort war ein freier Platz, mit einer dicken Laubschicht bedeckt, groß genug, um sich bequem auszustrecken. Der Zehetbauer lauschte, sah sich um, konnte aber niemanden finden. Am Rand des heimlichen Quartiers lag, von Blättern fast zugedeckt, eine weiße Unterhose. Er nahm sie mit.

Kurz darauf kam Ignaz Hajek auf dem Feldweg daher. Der Zehetbauer fragte ihn, ob er nicht jemanden gesehen habe.

Mir ist niemand begegnet. Mit seiner Fellhaube sah Ignaz so blöd aus, daß der Zehetbauer ihm seine Entdek-kung gar nicht mitteilte.

Über eine Woche lang hing die Hose auf der Nachrang-tafel an der Dorfkreuzung. Jeder wußte, sie konnte nur der Böhm Helga gehören. Die Bauernmädchen trugen andere Unterhosen, billigere und wärmere. Die Böhm Helga ging in der Stadt aufs Gymnasium, und es hatte sich bald her-umgesprochen, daß sie sich mit ihren sechzehn Jahren all das schon gönnte, was man in diesem Alter nur der männ-lichen Jugend zubilligte. Wenn die Dorfleute darüber sprachen, dann lag in ihrer Stimme eine hämische Freude, weil Direktor Böhm sich sittsamer gab als der Pfarrer, des-sen sonntägliches Amt er überwachte, hoch oben auf der

Orgelbank thronend. Den Segen konnte der Pfarrer immer erst geben, wenn Direktor Böhm mit dem Orgelspiel zu Ende kam. Es konnte sein, daß er die Gemeinde eine halbe Stunde lang zwang, darüber nachzudenken, was sie ihm gegenüber falsch gemacht haben könnte, während im Gasthaus eine lange, die ganze Schank einnehmende Schlange aus Biergläsern, welche der Wirt üblicherweise beim Wandlungsgeläut zu zapfen begann, den Schaumrücken verlor.

Viele Dorfleute kamen an diesem Tag an die Kreuzung, selbst der Pfarrer verließ beim Brevierbeten seinen gewohnten Spaziergang, um dem Höschen näher zu kommen. Nur aus dem Haus von Direktor Böhm kam niemand.

Keiner wollte den Kreuzungsschmuck abnehmen, nicht einmal der Straßenräumer, der sich statt dessen im Wirtshaus eine Zigarette drehte und vor sich hin kicherte. Neugierig bin ich, neugierig bin ich.

Die wird schon kommen und es sich holen, sagte die Brandstetterin, die vom Küchenfenster aus den gesamten, in der Nacht beleuchteten Kreuzungsbereich überschauen konnte, keine Sorge, die entgeht mir nicht. Sie hängte den Schlafzimmerspiegel in der Küche über den Herd und konnte so auch beim Kochen das Verkehrszeichen beobachten. Am Abend ließ sie die Küchenvorhänge aufgezogen. Natürlich kam die Böhm Helga nicht, auch niemand sonst aus ihrer Familie. Auf Ignaz Hajek achtete keiner. Am zehnten Morgen war das Höschen weg, ohne daß die Brandstetterin hätte sagen können, wer es abgenommen hat.

War ja nur eine Gaudi, sagte der Zehetbauer zu seiner Frau. Was machst denn jetzt damit?

In den Ofen steck ich's, sonst fängst du wieder an.

Nein, sagte er. Sein kantiges Gesicht nahm einen listigen Ausdruck an. Leg es wenigstens auf die Orgelbank.

Du bist übergeschnappt.

Sie hielt ihm das Höschen noch einmal vors Gesicht und lief hinab in den Heizkeller.

WORTLOS HATTE IGNAZ HAJEK die Stube verlassen. Vor dem Haus ließ er sich auf der aus zwei Balken gezimmerten Holzbank nieder, die an einer Seite schon ein wenig im Boden versunken war. Jenseits des Dorfwegs, beim Käfer oder beim Floh-Prinz, schrie eine Sau um ihr Leben. Als ihr Quietschen im Blut erstickte, sah Ignaz Hajek wieder die traurigen, blassen Augen des Schafbocks vor sich, dessen Blick ihn durchbohrte und ihm Angst machte. Das war vor gut zehn Jahren gewesen. Seither hatte er sich an diese Augen oft erinnert. Heute spürte er, daß er sich nicht mehr würde retten können.

Die Zehetbäurin hatte ihn an einem Sonntagvormittag gebeten, er solle den Schafbock abstechen. Ihren Mann könne sie nicht finden. Ignaz Hajek stellte im Zehetbauerhof zwei Zimmerböcke neben den Kanal und legte eine Holzleiter darauf. Als er an einem Strick den Bock zum Gerüst zerrte, ging die Zehetbäurin ins Haus. Er sagte noch: Mußt nicht zusehen, ich kann ihn schon allein auf die Leiter heben.

Mit der Rückseite eines Beils schlug er dem Schafbock so kräftig auf die Stirn, daß der augenblicklich umfiel. Während er das Tier auf die Leiter legte, begann es zu zittern und mit den Füßen zu zappeln. Er hielt es fest und stieß ihm am Hals das Messer durch das Fell, schob es ein paarmal hinein und drehte es in der Wunde, aus der warmes Blut über seine Hand herausschoß. Als der Bock nur mehr leise zuckte, wusch er an der Wasserleitung das Messer und seine Hand, warf noch einen Blick auf das ruhig daliegende Tier und ging heim. Eben wollte er die Haustür schließen, da stand der Schafbock mit großen, glasigen Augen hinter ihm. Aus seinem Hals rann noch ein dünner Faden Blut, der vom Zehetbauerhof bis zum Hügel herauf eine Spur gezogen hatte. Gebannt starrte Ignaz Hajek in die Augen des Tieres. Es konnte sich kaum auf den gespreizten Beinen halten, neigte langsam den Kopf zu Boden und sank in sich zusammen.

Ignaz Hajek fuhr sich ins Gesicht. Er rieb seine Augen und betrachtete dann die Hände. Sie waren blaß und hatten rauhe, gelbe Ballen. Um die Handgelenke hatten sich schwarze Ringe gebildet. Er stemmte seine Hände gegen die Bank, auf der er saß. Wenn er sie unbeweglich hielt, waren sie wie gemasertes Holz.

Es war auf einmal still geworden. Über dem Wald lag noch ein rötlicher Nebel, durchschnitten vom Qualm, der aus dem kleinen Rauchfang des Käferhofs fast gerade in die Höhe stieg. Da wußte Ignaz Hajek, von wo das Geschrei gekommen war. Dort wurde jetzt der große Wasserkessel zum Enthaaren der Sau geheizt.

Als die kleine Kirchenglocke zum Sieben-Uhr-Geläut ansetzte, aber gleich darauf vom heimkommenden Traktor des Zehetbauern übertönt wurde, tastete sich Ignaz Hajek an der krummen Steinmauer hoch, ging, gebückter als zuvor, hinter das Haus, um die Geiß abzupflocken. Sie war ihn nicht mehr gewohnt und wich ihm aus. Er mußte sie am Strick ins Haus zerren. Mit dem Fuß stieß er die Holztür zum Stall auf und schob das knochige Tier in das Halbdunkel hinein, wo es dann von selbst seinen Platz fand. Es wäre, auch wenn er sie nicht verkaufen würde, die letzte Geiß in der Slowakenhütte, weil es in der Gegend keinen Bock mehr gab. Den langen Weidestrick mit dem Eisenring für den Pflock hängte Ignaz Hajek auf einen Nagel neben dem kleinen Fenster, zwischen dessen rostigen Eisenstäben die Abendwolken sich rot färbten.

Jetzt kommst du dran, sagte er zur Sau.

Die krummen Holzlatten, hinter denen sie im Dreck rüsselte, hatte sie an einigen Stellen schon durchgefressen. Er zerrte den Sack, der noch immer neben der Haustüre lehnte, in den Stall. Dabei war ihm, als hörte er Hanni ein Lied singen. Er blieb kurz stehen und horchte, es war aber nichts. Als er den Sack weiterzog, schien es ihm, sie habe wieder eingesetzt. An der Stalltür blieb er noch einmal stehen. Blödsinn, dachte er, die kann ja gar nicht mehr singen.

Er öffnete den Sack und streifte Eicheln in den Trog. Die Sau begann gierig zu knacken und zu krammeln. Es klang, als krachte der Stall in allen Fugen. Die Geiß war Ignaz Hajek bisher wichtiger gewesen, sie gab Milch, die Sau hatte er immer vernachlässigt. Auf dem Melkschemel neben ihr sitzend, beobachtete er sie beim Fressen. Sie ließ sich nicht stören, wenn er sie an der Stirne kratzte. In der dunstigen, warmen Stalluft leuchteten die Augen der Geiß. Ignaz Hajek, in dessen Haar sich Spinnweben verfangen hatten, saß neben der Sau, streichelte sie, griff bald selbst in den Trog und schälte sich mit dem Taschenmesser eine Eichel.

An nichts erinnerte sich Ignaz Hajek so ungern wie an den Schnitt im Jahre 1931. Er war damals jung verheiratet, und es war für Hanni die erste Getreideernte in Ober-Neuschlag. Laß sehen, was die Deinige kann, hatte der alte Käfer zu Ignaz gesagt. Sie wird es uns schon zeigen, hatte Hugo Hajek hinzugefügt und dabei seine Schwiegertochter skeptisch angesehen. Jedem Schnitter waren zwei Frauen zugeteilt, die das gemähte Korn mit der Sichel aufnahmen, zu Garben bündelten und zu Mandeln aufstellten. In der

Mahd von Ignaz war Hanni allein. Um nicht hinter den anderen zu bleiben, versuchte sie doppelt so schnell zu arbeiten. Ignaz mähte nicht langsamer. Als sie dann doch zurückblieb, machte er ihr Vorwürfe, nur weil er seinem Vater beweisen wollte, daß seine Hanni ein richtiges Arbeitstier war. Er legte die Sense erst weg, als Hannis Augen schon blutunterlaufen waren und ihr das Wasser aus der Nase tropfte. Nie mehr hat ihm jemand so leid getan wie damals seine Frau. Noch heute könnte er weinen vor Wut auf sich selbst.

Gedankenverloren kaute er vor sich hin, griff immer wieder in den Trog, bis nur mehr zerbröckelte Reste da waren und die Sau an seinen Fingern zu schaben begann. Er lauschte dem verstummenden Malmen und Schmatzen, dann dem Rauschen seines eigenen Atems.

Mein Vater verteidigt Wien, hatte Josef Hajek stolz in der Schule erzählt. Es war aber zu spät, um sich damit Freunde zu machen, denn einige Mitschüler hatten schon die Nachricht vom Tod ihrer Väter erhalten. Jetzt könnte sein Vater wettmachen, daß er sich damals nicht freiwillig gemeldet hatte, daß er der einzige Vater war, der zu Hause hockte, während die Deutschen im Vormarsch waren. Lange Zeit hatte Ignaz Hajek zugesehen, wie Josef von seinen Mitschülern verspottet wurde, hatte immer nur gesagt, hör nicht hin, laß sie doch reden. Und einmal hatte er dazugefügt: Ein Volk, das mit der ganzen Welt Krieg führt, muß verrückt sein. Das hatte Josef dem Oberlehrer erzählt. Der kam eines Nachmittags zu seinem Vater. Josef durfte nicht dabeisein. Als der Lehrer wieder fort war, sagte Ignaz Hajek: Du sollst nicht weitersagen, was du nicht verstehst. Bald darauf mußte er endgültig einrücken.

Jetzt hat er die Chance, dachte Josef damals, unsere Familie aus der Schande wieder herauszuführen. Hätte er gewußt, daß sein Vater auf dem Dachboden in der Mehltruhe saß und mit dem Taschenmesser Luftlöcher in die Hinterwand bohrte, er hätte nicht gezögert, die Kiste zuzunageln und sie dem Ortsbauernführer zu übergeben. So aber dachte er an den Vater, der in Wien den Vormarsch der Russen aufzuhalten versucht, und ging mit seinen fünfzehn Jahren jeden Tag in den Oberort, bis ihm der Ortsbauernführer aus der Stadt seinen Einberufungsbefehl brachte. Er kam aber nur mehr in ein Ausbildungslager an der tschechischen Grenze, aus dem am neunten Mai schlagartig die Ausbilder verschwanden, ohne daß es die Alliierten erreicht hatten. Als Ersatz für die eigenen Erlebnisse wollte Josef von seinem Vater immer wieder Kriegsgeschichten hören. Ignaz Hajek kam dabei schnell in Verlegenheit. Sollte er erzählen, wie er nachts in Tulln aus dem Zug sprang und sich vor den eigenen Kameraden verstecken mußte?

Eingehängt in ihren Arm, ging Josef Hajek mit seiner Mutter vom Totenmahl heim. Der Asphalt war fast getrocknet, nur an einzelnen Stellen standen noch Lachen, an denen ihn seine Mutter vorbeizog. Der bewölkte Himmel drückte auf Häuser und Bäume, von denen es noch manchmal herabtropfte. Unweit vom Zehetbauerhof brach Josef Hajek das Schweigen.

Seine Erdäpfelernte soll in der patzigen Erde steckenbleiben, er soll fluchen, seine Alte beten. Warum hat er uns das angetan, fragte er weinerlich.

Die Leute haben das nicht gemerkt, das weiß doch keiner. Nur die Zehetbäurin hat es gewußt.

Und Hanni Hajek begann, noch während sie langsam

und wackelig den Hügel hinaufstiegen, zu erzählen, wie sie, vier Tage nachdem ihr Mann eingerückt war, in der Nacht aufwachte, weil etwas am Fenster schabte.

Mit angehaltenem Atem lag sie da und versuchte sich einzureden, daß nur eine Katze draußen sein könne. Dann aber meinte sie, eine dumpfe Stimme zu hören: Hanni, mach auf. Sie stieg aus dem Bett und tastete sich vorsichtig zum Fenster, um nachzusehen. Es gab keine Sterne in dieser Nacht, so sah sie sich den Schatten, der sich von außen ans Fenster lehnte und am Rahmen kratzte, so lange an, bis sie den Wimmer Otto zu erkennen glaubte. So ein frecher Kerl, dachte sie, der will es ausnützen, daß mein Mann fort ist. Noch bevor sie das Streichholz an den Docht der Petroleumlampe führte, trat der Schatten in die Finsternis zurück. Als sie das Fenster öffnete und hinausfragte, was willst du denn hier, griff er ihr von der Seite in die offenen Haare und flüsterte: Mach mir auf. In ihrem Schrecken brauchte sie eine Weile, bis sie ihren Mann erkannte, der da draußen stand. Sie spürte die Kälte auf ihrer Haut, bewegte sich nicht. Mach die Tür auf, flüsterte er und tauchte unter dem Fenster durch. Im Zimmer löschte er als erstes die Lampe aus, zog seine Frau zum Bett, drückte seine Bartstoppeln an ihren Hals und sagte: Ich bin fahnenflüchtig.

Fahnenflüchtig, wiederholte Josef Hajek verächtlich.

Er hatte auf dem Ofen Platz genommen und sich umständlich eine Zigarette angezündet. Seine schlechtrasierten Wangen, von tausend grauen Falten durchzogen, spannten sich über die vorstehenden Backenknochen.

Wieso haben Sie das ausgerechnet der alten Zehetbäurin erzählt? Er warf die Zigarette auf den Boden und zertrat sie.

Ich habe doch nichts gehabt damals, verteidigte sich

seine Mutter. Wir waren noch nicht abgefertigt. Die Zehet-bäurin hat dem Naz heimlich das Essen bereitet, ihm auch Decken gebracht. Wenn ich sie nicht gehabt hätte, er hätte wieder fort müssen.

Aber sie hat es weitererzählt, fuhr Josef auf.

Die Schultern seiner Mutter zuckten leicht.

Und wo war ich, als er heimgekommen ist?

Du hast da drüben in der Kammer geschlafen. Wir haben Angst gehabt, daß du wach wirst. Einmal hat es hinter der Tür geknackst, da ist dein Vater unters Bett gekrochen. Am übernächsten Tag bist du freudestrahlend mit deiner Einberufung zurückgekommen. Ich habe gemeint, das Herz zerreißt mir.

Sie sah zu ihm hoch, da packte er sie plötzlich mit seiner harten Pranke am Oberarm, zerrte sie hin und her, holte mit der anderen Hand so schwungvoll aus, daß er das durch den halben Raum verlaufende Ofenrohr aus der Wand riß, das scheppernd zu Boden fiel, versetzte seiner aufschreienden Mutter einen Stoß, der sie niederwarf, spuckte seinen Alkoholschleim nach ihr und lief hinter das Haus, wo sein scharfes Keuchen, während er den Kopf in seine Hände vergrub, allmählich leiser wurde.

Umgeben von Rußflocken lag Hanni Hajek zusammen-gerollt in der Stube. Sie rührte sich nicht, auch nicht als es an der Haustür klopfte und eine Frauenstimme ihren Namen rief.

Sie hoffte, die alte Zehetbäurin, diese gute Frau, würde sie vom Himmel aus hier liegen sehen und sie so ruhig zu sich nehmen, wie sie selbst gestorben war. Hanni sah sie noch vor sich, zittrig und bleich, mit ihren zu einem Knoten gesteckten grauen Haaren, hinter ihr vier oder fünf Russen, wie sie vorsichtig fragte, ob nicht vielleicht der Naz helfen könne, sie verstehe nicht, was die von ihr wollten, und wie dann ihr Mann, der sie durch ein Astloch in der Holzdecke beobachtet hatte, mit einer Kornschaufel und mehligem Rücken vom Dachboden herunterkam und so lange fremde Worte stammelte, bis er herausgefunden hatte, daß sie einen Sack Roggen wollten.

Josef war damals, es war Sommer 1945, vom Ausbildungslager längst zurück. Er arbeitete auf dem Feld des Zehetbauern. Da nichts passierte und die Russen mit ihrem Sack Roggen fortfuhren, beschloß Ignaz Hajek, sein Versteck zu verlassen. In der Nacht schlich er aus dem Haus und kam am nächsten Tag in aller Öffentlichkeit vom Krieg zurück. Im Rucksack eine Feldflasche und zwei Decken, aus denen er im Wald das Mehl herausgeklopft hatte, betrat er am Nachmittag das Gasthaus. Der Wirt gab ihm Wurst und Brot zu essen, brachte ihm sogar Wein aus dem Keller, obwohl er schon lange keinen Wein mehr ausschenkte. Am Schluß setzte er sich mit der Schnapsflasche zu ihm, es kamen noch andere Gäste dazu, und Ignaz Hajek fluchte auf den Krieg. Er war schon angeheitert, als er am Abend an die Tür der Slowakenhütte klopfte. Ich bin es, rief er, vom Krieg bin ich zurück, ich lebe noch! Er umarmte Hanni und Josef. Wenn die Fragen seines Sohnes zu bohrend wurden, verzog er das Gesicht zu einer leidenden Grimasse und antwortete: Ich halte das nicht aus, ich mag nicht mehr daran denken.

Damals glaubte die alte Zehetbäurin noch an die Rückkehr ihrer beiden vermißten Söhne. Wenig später, in einem Abstand von nur drei Wochen, erhielt sie die Bestätigung von deren Tod. Fortan verließ sie das Haus nur mehr, um in die Kirche zu gehen, hatte, selbst bei den Verrichtungen im Haushalt, immer einen Rosenkranz in der Hand und murmelte den ganzen Tag Vaterunser und Gegrüßet seist Du Maria, und jeder, der sie etwas fragte, spürte, daß sie mit den Gedanken ganz woanders war. Eines Morgens wachte der alte Zehetbauer auf, da lag seine Frau tot neben ihm. In den Händen hielt sie den Rosenkranz. Die Leute sagten, sie sei an gebrochenem Herzen gestorben.

Die Zehetbäurin stieß einen kurzen Schrei in die aschige Luft. Sie beugte sich zu Hanni hinab, deren Augen unruhig wurden. Was ist denn, fragte sie und half ihrer Nachbarin auf die Beine. Hast du dir wehgetan?

Neinnein, gestolpert bin ich, antwortete Hanni Hajek, dabei habe ich das Ofenrohr mitgerissen. Ich habe nicht mehr aufstehen können.

Beim Zusammenstecken der silbrigen Blechröhren hinterließ die Zehetbäurin darauf die Abdrücke ihrer rußbraunen Hände. Sie nahm die schwarze Decke vom Totenbett und schüttelte die Rußflocken heraus, vorsichtig, um den am Boden liegenden Ruß nicht aufzuwirbeln. Hanni stand unentschlossen daneben.

Komm ein bißchen zu uns hinunter, sagte die Zehetbäurin.

Ich warte auf Josef, antwortete Hanni. Und dann muß ich in den Stall gehen.

Sie holte, während die Zehetbäurin die Bretter von der Matratze nahm und sie forttrug, einen Besen aus der Kammer und begann den Boden zu kehren.

Josef kam erst wieder in die Stube, als es längst dunkel war. Hanni Hajek war einen Abend lang neben der Kerze gesessen. Endlos malmte sie an dem Stück Kuchen, das ihr die Brandstetterin zum Begräbnis mitgebracht hatte. Die Kerze steckte in einer Drahtspirale. Weil Hanni Angst hatte, die Kerze könnte dennoch umfallen, hatte sie den Kerzenhalter in eine blecherne Zuckerdose gestellt, so daß nur die Holzdecke ein wenig beleuchtet wurde. Beim Gehen spürte sie Schmerzen im rechten Oberschenkel. Aber darüber sprach sie nicht.

Im Heu kann ich nicht schlafen, sagte Josef. Ich muß immer an Vater denken.

Dann leg dich in mein Bett, antwortete Hanni und ging selbst, ohne sich auszuziehen, im Bett ihres Mannes zur Ruhe.

Wäre er mein richtiger Vater, hörte sie Josef nach einer Weile sagen, ich könnte nicht weiterleben.

Aber er ist dein richtiger Vater, antwortete sie.

Es blieb still. Sie stand auf, zündete noch einmal die Kerze an und ging mit der Zuckerdose zu ihrem Sohn ans Bett. Er hatte sich unter der Decke vergraben. Als sie die Decke wegzog, verbarg er sein Gesicht. Es dauerte lange, bis er bereit war zuzuhören.

Im Stall war es finster geworden. Die Sau hatte noch eine Zeitlang den Trog ausgeschleckt und sich dann in eine Ecke gelegt, in der das Stroh noch trocken war. Von seinem Melkschemel aus sah Ignaz Hajek durch das schmale Fenster den tiefhängenden, weißen Nebel. Das schwache Abendlicht konnte den Stalldunst nicht mehr durchdringen. Eine schwere Stille lag im Raum, alle Geräusche schienen von weither zu kommen.

Früher hatte das Leben Krallen, die waren immer zu spüren, auf einmal waren sie aufgebraucht, und nirgends war mehr ein Halt.

Ignaz Hajek war ganz ruhig, als er den Weidestrick vom Nagel nahm und damit hinausging. Die Stalltür verschloß er von außen mit dem Querbalken, den er in die Maueröffnung schob. Aber dann zögerte er, legte den Strick auf die Dachbodenstiege und drückte behutsam die Klinke der

Stubentür. Er bückte sich unter dem Mittelbalken durch, stand eine Weile vor seiner Frau, die, hoch aufgepolstert am Fußende des Bettes, eingeschlafen war. Obwohl er eine Armeslänge neben ihr stand, konnte er sie kaum sehen, hörte nur das mühselige Rasseln ihres Atems. Beim Hinausgehen stieß er mit dem Fuß fast den Wasserkübel um.

Davon erwachte Hanni, ohne ihren Mann noch zu bemerken. Sie zündete die Petroleumlampe an und ging in den Stall. Zwar wunderte sie sich, daß ihr Mann nicht da war, und auch darüber, daß der Melkschemel neben dem Saugatter stand, aber daß der Weidestrick nicht am Nagel hing, merkte sie nicht. Sie schüttete, so wie Ignaz es ihr aufgetragen hatte, Eicheln in den Trog. Als sie danach das Haus verließ, um aus der Scheune eine Schwinge voll Ziegenheu zu holen, lag der Weidestrick auf der Holzbank neben der Eingangstür. Sie ging daran vorbei, ohne ihn in der Dämmerung zu sehen.

Zu dieser Zeit unternahm Ignaz Hajek einen letzten Versuch, seinem Tod zu entkommen. Er war zum Dorfweg hinabgetappt, wo die Straßenlampen im Zwielicht schon die Oberhand gewonnen hatten und den Asphalt gelb färbten. In den umliegenden Höfen leuchteten die Stallfenster. Vereinzelt huschten noch Schatten von Schwalben durch die Luft, ihr Gezwitscher war aber kaum heller als das eintönige Brummen der Melkmaschinen und das dumpfe Dröhnen der Entmistungsanlagen. Auf der Straße war kein Mensch zu finden.

Ignaz Hajek ging den Weg zum Käfer hinunter, wo hinter dem halboffenen Tor die geschlachtete Sau an den Hinterbeinen aufgespießt war, in der Mitte in zwei Teile gespalten, die noch am Rüssel zusammenhingen, ging weiter zum Küchenfenster des Binderhofs, durch das er eine Weile die schlank und zerbrechlich wirkende Gestalt der jungen Bäurin beobachtete, die etwas am Herd briet und ihm dabei den Rücken zukehrte, warf einen Blick auf das unbeleuchtete Kammerfenster der Strasser Annerl, drehte dann aber um und ging langsam den Dorfweg zurück. Er nahm nicht die Zufahrt, sondern schwenkte erst danach in einen kaum mehr benutzten und schon fast zugewachsenen Steig ab, der an der Stallseite des Zehetbauerhofs vorbeiführte.

Die niedrige Tür, durch die Ignaz Hajek über Jahre hinweg die Mistkarre geschoben und sie schwungvoll über die Bretter auf den Dungberg hinaufgestoßen hatte, öffnete sich nicht mehr. Statt dessen fuhr aus einem Loch ein eiserner Greifarm heraus, glitt schrill quietschend eine Schiene entlang, warf den dampfenden Mist ab und zog sich wieder in das Loch zurück.

Mit kleinen Schritten schleppte sich Ignaz Hajek den Hügel hinauf. Der Weidestrick lag noch auf der Bank. Er nahm ihn und tastete sich weiter in die finstere Scheune.

Hanni Hajek molk zu dieser Zeit gerade die Geiß. Sie hörte, als die Schubkarre umfiel, ein Geräusch, aber sie wußte nicht, woher es gekommen war, und fuhr, da es still blieb, mit ihrer Arbeit fort.

VON KINDHEIT AUF sei sie für die Erziehung zuständig gewesen, erzählte Hanni Hajek, die zweite Tochter von Cäcilia und Fritz Wandl. Ihr Vater war Maurer. Hanni sah ihn nur im Winter, wenn er arbeitslos war. Im Frühjahr packte er das Geselchte in seinen Rucksack und zog ins Land hinunter, wie sie die Gegend östlich des Manhartsbergs nannten. Während man im Waldviertel noch mit Feldsteinen mauerte, wurde dort schon mit Ziegeln gebaut. Dort unten im Land war auch leichter Arbeit zu finden. Die Bauern hatten mehr Geld. Fritz Wandl zog von einer Baustelle zur anderen und blieb, solange er gebraucht wurde. Für Quartier und Kost mußte er selbst aufkommen. Den ganzen Sommer über ließ er nichts von sich hören. Daß er Familie hatte, fiel ihm erst ein, wenn es kalt wurde. Zwischen Michaeli und Allerheiligen kam er zurück, selten mit einem nennenswerten Geldbetrag in der Tasche. Die Kinder mußten sich in einer Reihe aufstellen und nacheinander sagen: Ich grüße Sie, Herr Vater. Er fragte: Habt ihr mir die Sau auch gut gefüttert? Von ihrem zehnten Lebensjahr an antwortete Hanni: Ja, Herr Vater, ich habe ihr jeden Tag frisches Saugras gemäht, jeden zweiten Tag Erdäpfel gedämpft. Dann mußten sie ihm die Sau vorführen. Von Jahr zu Jahr war er unzufriedener, oft blieb er den ganzen Winter über verstimmt.

Da die Familie größer wurde, reichte der Kartoffelvorrat bald nicht mehr bis zur neuen Ernte. Hanni konnte sich noch so bemühen, möglichst kurzes Gras zu mähen, das der Sau besser anschlug, die Familie mußte sich jedes Jahr von Fritz Wandl vorwerfen lassen, daß sie der Sau die Erdäpfel wegesse und damit ihm das Fleisch. Vor Weihnachten wurde geschlachtet. Am Christtag gab es das einzige Mal im Jahr für die ganze Familie Fleisch. Der Rest wurde geselcht und verschwand im Frühjahr in Vaters Rucksack.

Auf Wiedersehen, Herr Vater, der Schutzengel beschütze Sie, und kommen Sie bald zurück.

Wenn er fortging, zog der Frieden ins Haus ein. Im Mai kauften sie von Sautreibern, die durch den Ort zogen, eine neue Sau, im Herbst kam meist ein neues Kind. Zur Niederkunft seiner Frau war Fritz Wandl wieder daheim. Nur bei drei Kindern kam er zu spät. Und eines hatte er tagelang nicht bemerkt. Er dachte, es wäre das Kind vom Vorjahr, das war aber längst gestorben.

Cäcilia Wandl arbeitete als Tagelöhnerin bei den Bauern. Da ihr Mann kaum Geld heimbrachte, das meiste noch im Winter, wenn er stempeln ging, war die ganze Familie davon abhängig, daß sie trotz ihrer häufigen Schwangerschaften ständig bei den Bauern half. Das älteste Kind konnte die Betreuung der Geschwister nicht übernehmen. Die Mohnlutscher hatten bewirkt, daß Josefa vor sich hin grinste und ihrer Schwester das Fliegen beibringen wollte. Sie stieß Hanni immer vom Tisch hinunter, bis deren Kopf voller Platzwunden und die Ohren ausgefranst waren. Das Kind, das Hanni folgte, starb nach zwei Wochen. Im Jahr darauf wurde der Bruder Franz geboren. Irgendwann in den folgenden Monaten, noch vor dem nächsten Kind, setzte Hannis Erinnerung ein.

Die Wiege von Franz stand neben dem Bett der Mutter. Je mehr Hanni ihren kleinen Bruder schaukelte, desto näher rutschte die Wiege an das Bett, bis sie sich nicht mehr bewegen ließ. Der Bruder begann zu weinen. Hanni wollte jemanden zu Hilfe holen, da merkte sie, daß sie eingesperrt waren. Im Vorraum stand ihr Topf. Als die Mutter mit Josefa heimkam, traf sie beide Kinder weinend an. Sie erklärte Hanni, daß sie die Wiege nur vom Bett wegziehen müsse und schon würde sie sich wieder schaukeln lassen. Am nächsten Tag wurden Franz und Hanni wieder eingesperrt. Als die Wiege an das Bett stieß und Hanni sie wegrücken wollte, war das Holzgestell viel zu schwer. Als die Mutter heimkam, weinten wieder beide Kinder.

Bald danach kam eine Frau mit einer Tasche. Hanni und Josefa mußten das Haus verlassen. Hinter ihnen wurde die Tür abgesperrt. Als sie zurückkommen durften, lag ein weinendes Kind in der Wiege. Hanni sagte: Da ist ja schon wieder eines. Der Vater erklärte ihr, die Frau mit der Tasche habe es vergessen. Hanni antwortete: Hättet ihr der

Frau doch die Tasche nachgeworfen! Sie war verzweifelt. Wieder mußte sie ein Jahr neben der Wiege verbringen. Sie wäre noch verzweifelter gewesen, hätte sie gewußt, daß Kinderhüten noch dreiundzwanzig Jahre ihre Hauptbeschäftigung sein sollte; die Frau mit der Tasche kam fast jedes Jahr. Cäcilia Wandl hatte sechzehn Geburten. Sechs Kinder starben in frühem Alter, das letzte Kind wurde schon tot geboren. Im Alter von zehn Jahren wurden Hannis Geschwister in den Dienst fortgeschickt, wo sie zur Schule gingen und ihr erstes Geld verdienten. Hanni mußte daheim bleiben. Kein Kreuzer fiel ihr in die Hände, denn auch zu den Bauern durfte sie lange nicht gehen. Sie wartete auf ihre Chance. Als ihr mit neunzehn Jahren beim Haartrocknen das Feuer ins Gesicht fuhr, dachte sie: Jetzt ist alles vorbei. Ihre durchscheinende weiße Haut war von Brandwunden entstellt. Von nun an mied sie die Leute.

Die kleinste Schwester ging noch zur Schule, da kam Josefa mit Josef daher. Fast jedes Jahr zu Weihnachten wurde Hannis älteste Schwester entlassen und sie hatte auf Grund ihrer unernsten Art und Tolpatschigkeit auch ohne ihr Kind schon genug Schwierigkeiten, wieder eine neue Dienststelle zu finden. So nahm Hanni Josef zu sich. Sie riet ihrer Schwester, Anzeige zu erstatten. Vielleicht ließe sich der Vater auftreiben, und dann hätte sie wenigstens ein bißchen Geld für ihr Kind.

Ja, und dann ist dein Vater gekommen, sagte Hanni zu Josef.

Welcher, fragst du. Dein Vater, den wir heute begraben haben, mein Mann – der war dein Vater und dein Ziehvater zugleich. Der Dragoner hatte ihn fortgeschickt. Er solle etwas verdienen. Als er im rechten Alter gewesen wäre, nach der Schule, durfte er nichts lernen, da mußte er daheim bleiben. Aber Jahre später, der Naz war schon bald zwanzig, da hat der Dragoner ihn fortgeschickt. Damals war kaum Arbeit zu kriegen. Bei der Post hat er Glück gehabt. Die haben einen Hilfsarbeiter gebraucht, der im Paketwaggon die Postsäcke und Päckchen ein- und auslädt. Der Naz hat diese Stelle genommen und ist fast zwei Jahre lang jeden Tag zweimal mit der Schmalspurbahn zwischen Großgerungs und Gmünd hin- und hergefahren. Dann haben sie ihn gekündigt. Weil er zu schwach ist, haben sie gesagt. Auf einer solchen Fahrt ist ihm deine Mutter begegnet. Es war seine erste Frau. Er hat gewußt, daß sie nicht ganz hell im Kopf ist, das hat er ausgenützt. Als die Gendarmerie dann bei der Post eine Gegenüberstellung verlangt hat, ist er zu mir gekommen. Er wird alles zahlen, hat er gesagt, wir sollen nur die Anzeige zurückziehen.

Nein, es hat keine Gegenüberstellung gegeben, das haben wir nur erzählt, um den Verdacht vom Naz abzulenken. Ein Vollbart wäre ihm nie gewachsen, deshalb haben wir erzählt, daß der Täter sich einen Vollbart hat wachsen lassen und geflüchtet ist, weil ihn Josefa bei der Gegenüberstellung erkannt hat. Die Zuggeschichte von meiner Schwester hat sich schnell herumgesprochen, und der Naz wollte nicht, daß irgend jemand erfährt, daß er es war. Die größten Vorwürfe hat er sich selbst gemacht. Er hat Angst gehabt, er müßte meine Schwester heiraten, wenn er sich meldet. Deshalb hat er so lange gewartet. Deiner Mutter hat er ihr Leben lang Geld gegeben.

Was ich gemacht habe? Zu meiner Schwester bin ich gefahren und habe ihr alles erklärt. Sie hat die Anzeige zurückgezogen. Der Naz hat mich alle Augenblicke aufgesucht, um dich zu sehen. So sind wir zusammengekommen. Nach Ober-Neuschlag hat er mich auf dem Leiterwagen gebracht. Josefa hat nichts dagegen gehabt, daß wir dich mitnehmen. Bei einer Rast hast du deinem Vater Sand in die Ohren gefüllt.

Als bekannt wurde, daß der Naz um meine Hand anhält, hat die Hebamme dem Dragoner erzählt, ich könne keine Kinder kriegen, weil ich als Kind die englische Krankheit zu stark gehabt habe. Der Dragoner hat mich dem Naz aber nicht mehr ausreden können. Das macht gar nichts, hat dein Vater geantwortet, die bringt sowieso das Kind ihrer Schwester mit. Er hat nie erfahren, daß er dein richtiger Großvater war. Zu mir war er oft sehr gemein. Ich hab ihm nicht gefallen.

In deinem Taufschein und in deiner Geburtsurkunde steht heute noch: Vater unbekannt. In Wirklichkeit hat dein Vater, bevor du zur Schule gekommen bist, seinen eigenen Sohn an Kindes Statt angenommen.

Du weißt nicht, wie gut es dir gegangen ist. Wir haben jeden Sonntag Fleisch gehabt. Darauf hat der Naz großen Wert gelegt.

Im scheuen Licht des grauenden Morgens packte Josef Hajek seinen Seesack und zupfte, bevor er es anzog, Heureste von seinem grünen Sakko.

Kommst du wieder, fragte ihn Hanni mit kratziger Stimme, als er die Tür öffnete.

Ja, in zwei Wochen, sagte er, leise, als wollte er die Nacht nicht vertreiben. Vorsichtig zog er die Tür hinter sich zu.

Die mittleren Jahre

Mein Beruf ist nie zur Debatte gestanden, denn ich war der einzige Sohn. Da hat man nicht lange gefragt, ob ich Bauer werden will, Diskussionen gab es da keine. Sie wären auch sinnlos gewesen, ich hätte trotzdem die Wirtschaft übernehmen müssen. Später erst, nach dem Tod meines Vaters, begann ich mein Leben zu planen. Als sich der Maschinenvertreter der Lagerhausgenossenschaft nach dem Verkehrsunfall erhängte, war plötzlich sein Posten frei. Vertreter, das hat mich immer interessiert. Gerne war ich mit dem Auto unterwegs, kenne viele Leute, kann gut reden. Ich bin gleich ins Lagerhaus gefahren und habe beim Obmann vorgesprochen. Der hat mir aber klargemacht, daß dieser Posten viel Zeit beansprucht. Ich hätte die Wirtschaft aufgeben müssen. Der Karli war aber noch zu klein, um sie zu übernehmen, und ganz aufzuhören, das habe ich nicht fertiggebracht, mußte also diesen Plan fallenlassen. Es waren sowieso alle dagegen.

Gescheitert sind viele Pläne, ich habe nie so gelebt, wie ich es mir vorgestellt habe. Arbeit, mein Gott, Arbeit, das hat mir nichts ausgemacht, das war ich gewohnt. Aber einmal im Jahr einen kleinen Lohn für das alles, eine kleine Reise am liebsten, das hätte ich gerne gehabt. Ein paar Tage an die Adria fahren, das nächste Jahr an die Nordsee, ein andermal mit einer Reisegruppe nach Paris, Neues kennenlernen, wie gerne hätte ich das getan, hätte es auch geschafft, auch wenn ich ein paarmal gescheitert bin, ich hätte es geschafft.

Und jetzt nächtelang an der Bettkante sitzen, Hände und Kopf auf den Stock gestützt, nicht schlafen können, immer wieder diese Schmerzen im Bauch, die sich von Minute zu Minute steigern, endlich nachzulassen scheinen und kurz darauf ganz heftig da sind, bis ich es nicht mehr aushalte und ein neues Zäpfchen brauche oder eine Tablette, und nachdenken, immer nachdenken über das, was ich tat, was ich noch tun wollte, kann dabei nicht einmal mehr aufs Klo gehen, nicht diese fünf Meter schaffe ich mehr.

Gruber kam begeistert von Großgerungs zurück. Der Vortrag, den die Firmenleitung der Voest zur Anwerbung von Waldviertler Bauern im Gasthaus Hirsch hatte veranstalten lassen, eröffnete ihm neue Aussichten.

Weib, sagte Gruber zu Beginn des Jahres 1974, ich werde jetzt in die Voest arbeiten fahren, in der Bauernwirtschaft ist sowieso nichts drinnen. Ich werde dazuverdienen, wir werden uns was leisten können. Wenn der Karli mit dem Bundesheer fertig ist, fange ich gleich in der Voest an. Er soll sich daheim ein paar Jahre einarbeiten, dann übergeben wir ihm den Hof. Wir werden uns inzwischen ein kleines Häuschen bauen, gleich da draußen in der Brunnwiese, oder wir stocken den Hof auf, richten uns oben eine Wohnung ein. Und dann, Weib, weißt du, was wir dann machen? Dann fahren wir jedes Jahr in Urlaub.

Aber da wird doch die Wirtschaft Schaden leiden, wenn kein Mann im Haus ist, meinte die Gruberin, der Karli hat zuwenig Erfahrung.

Gerade die Wirtschaft kann einen Nebenverdienst gut brauchen.

Gruber fragte am Wochenende Karl, ob er mit Mutter die Wirtschaft führen möchte. In diesem Fall, sagte er, läuft es darauf hinaus, daß du in ein paar Jahren das Haus übernehmen wirst.

Karl war glücklich. Von Kindheit an hatte er sich für diesen Beruf interessiert, hatte immer schon viel geschuftet, eine schwere Feldarbeit jederzeit dem Schulbesuch vorgezogen. In wenigen Wochen hätte er sich im Zwettler Bezirk, der damals die höchste Arbeitslosenrate Österreichs aufwies, nach einer Stelle umsehen müssen. Es wäre schwierig geworden, aber ein Mädchen zu finden, das einen Bauernhof zu erben hatte, war noch aussichtsloser. Karl wollte auf keinen Fall aus der Gegend von Zwettl und Großgerungs fortziehen. Doch nun schien alles so zu kommen, wie er es sich immer gewünscht hatte. Er wird die Landwirtschaft seiner Eltern übernehmen und kann heiraten, wen er will, dachte er.

Gruber wird unruhig. Er beginnt zu stöhnen, bewegt den Oberkörper, noch immer an der Bettkante sitzend, auf und ab, hält sich mit beiden Händen den Bauch. Seine Frau wird wach.

Hast du Schmerzen?

Ja, einen neuen Wickel brauche ich, aufs Klo muß ich auch.

Die Gruberin steigt aus dem Bett, begleitet ihren Mann, wartet vor der WC-Tür, bis er klopft, bringt ihn wieder ins Bett zurück. In der Küche wärmt sie Leinsamenbrei auf, den sie Gruber an Stelle des alten, schon ausgekühlten, am Bauch aufträgt und mit mehreren Tüchern umwickelt, damit er möglichst lange warm bleibt. Dann reicht sie ihm nacheinander mehrere Tees, die sie jeden Tag neu aus Brennessel, Kalmus, Bärlapp, Mistel und anderen Kräutern kocht und in Thermosflaschen aufbewahrt, aus denen er jeweils ein paar Schluck in sein geblümtes Häferl leert

und langsam trinkt. Sie gibt ihm schließlich ein schmerzstillendes Zäpfchen und hofft, daß ihr Mann endlich ein
paar Stunden schlafen kann.

Müde legt sie sich nieder auf die dem Fenster zuge-
wandte Seite des Ehebettes. Sie merkt nicht mehr, daß sich
Gruber bald darauf wieder aufsetzt, die Füße in den Pat-
schen, mit beiden Händen auf den Stock gestützt.

Es gab einen einfachen Grund, warum Gruber, der sich
eigentlich immer nur für Vertreterposten interessiert hatte,
plötzlich unbedingt Schichtarbeiter im etwa hundert Kilometer entfernten Linz werden wollte. Er tat es aus Sorge
um seine Gesundheit. Der Arbeiter, dessen Posten Gruber
übernahm, hatte aus demselben Grund gehen müssen. In
die Invalidenrente.

Es begann im Jahre 1970. Der Wirt des Nachbardorfes
hatte gehört, daß es in Salzburg einen Heilpraktiker gebe,
dem man genaue und zutreffende Diagnosen, auch be-
trächtliche Heilerfolge nachsagte. Da Gruber lange Zeit
hindurch einer der wenigen Autobesitzer der näheren Umgebung war, zugleich der einzige, der es sich zutraute, den
Bezirk Zwettl zu verlassen oder gar in die Großstadt zu
fahren, was mehrere Fahrten zur Wiener Messe bewie-
sen, war es selbstverständlich, daß sich der Wirt mit seinem
Anliegen an Gruber wandte. Auch Weissinger, ein be-
nachbarter Bauer, der sich schon längere Zeit nicht wohl
fühlte, fuhr mit. Die Art der Diagnose versetzte die drei
Männer in Erstaunen. Der Heilpraktiker sah ihnen lediglich durch ein Rohr in die Augen, sprach dem Wirt eine
Verkalkung zu, entdeckte beim Nachbarn Nierensteine sowie eine entstehende Zuckerkrankheit; zu Gruber sagte er,
du hast Krebs, tu etwas dagegen, sonst ist es zu spät.

Er gab Gruber ein Fläschchen mit Medizin mit, von

der er täglich einnehmen sollte. Wenn sie verbraucht sei, müsse er wiederkommen. Als die drei Männer an diesem Sonntagnachmittag von Salzburg ins Waldviertel zurückfuhren, lachten sie darüber, daß Gruber Krebs haben sollte. Gruber war damals knapp 41 Jahre alt, ein unbändiger Mann, den keine Arbeit niederrang, der aus reinem Übermut in Heuhaufen sprang, die Jausenrunde mit einem Kopfstand überraschte oder mit einem Furz.

Wie er zu Hause vor sie hin trat, als sie gerade an der Nähmaschine saß, sagte, weißt du, was der gesagt hat, ich habe Krebs, daran wird die Gruberin sich immer erinnern, auch wie er unsicher wurde, als er erklärte, einem Pfuscher aufgesessen zu sein, und beschloß, die Medizin trotz bester Gesundheit einzunehmen.

Aber als Gruber einige Wochen später von einem Bekannten aus Großgerungs gebeten wurde, er möge ihn das nächste Mal auch zum Heilpraktiker mitnehmen, da hatte Gruber schon längst nicht mehr vor, ihn noch einmal aufzusuchen. Er fühlte sich gesund.

Es verging ein Jahr, in dem Gruber an die Diagnose des Heilpraktikers gar nicht mehr dachte. 1971 dann, als Gruber die Kläranlage baute, um das dorfübliche Plumpsklo zu ersetzen, bei dem es gegen Herbst, wenn sich die Senkgrube mit Wasser füllte, immer heraufspritzte und das im Winter vereist war, weil es mitten im Hof stand, das auch kein Licht hatte und daher in der Nacht nur mit einer Taschenlampe benutzt werden konnte, zu dieser Zeit wurde Gruber unversehens an den Heilpraktiker erinnert.

Am späten Nachmittag mußte er seine Arbeit an der Abdeckung der Kläranlage, die bereits in Betrieb war, unterbrechen, da man ihn zu einem Bergungseinsatz der Freiwilligen Feuerwehr holte, deren Kommandant er war. Ein Lastwagen, der über einer Böschung hing, drohte hinabzukippen. Mit mehreren Traktoren und einem mit einer Seilwinde ausgerüsteten Holzschleppfahrzeug gelang es, den Laster auf die Straße zurückzuziehen. Danach feierte man im Wirtshaus den gelungenen Einsatz.

Die Gruberin war an diesem Tag von der Bauernkammer zu einer Bäuerinnen-Exkursion geladen. Erst um halb zehn Uhr abends kam sie mit Nachbarinnen von Großgerungs nach Hause. Während der kurzen Fahrt bedauerte sie ihren Mann, weil er diesmal die Stallarbeit allein machen mußte, naja, das Melken wird er mir schon übriggelassen haben. Daheim staunte sie nicht wenig. Im Stall war noch gar nichts geschehen, ihr Mann war nicht zu finden. Sie zog das Arbeitsgewand an, die Gummistiefel, ging in den Stall. Futtertröge kehrte sie aus, den Kühen gab sie ein Gemisch von Hafer- und Gerstenschrot, den Stieren Kornschrot, mengte auch hier etwas Gersten- und Sojaschrot bei, stieg die steile Treppe zum Heuboden hinauf und wäre dabei fast schon wieder abgerutscht, weil die Eisensprossen so glitschig waren, da kam Gruber zur Stalltür herein, singend.

Ja sag einmal, was ist denn mit dir los, da wartet ja noch die ganze Stallarbeit!

Er habe einen Einsatz gehabt, könne nicht einfach einen Lastwagen hängen lassen, sie hätten dann viel besprechen müssen, es sei eine gute Runde gewesen, er habe nicht weggehen können, bei den anderen hätten ja schließlich auch die Weiber die Stallarbeit gemacht. Damit war für Gruber die Sache geklärt. Bis gegen Mitternacht waren sie damit beschäftigt, auszumisten, zu melken, die Tiere zu füttern und Streu zu geben.

In der Nacht wurde die Gruberin wach. Ihr Mann hatte sich hinausgeschlichen. Jetzt steht er im Klo, die haben getrunken, und jetzt muß er speiben, dachte sie. Gruber kam zurück, legte sich wortlos zu Bett. Kurze Zeit später war er schon wieder verschwunden. Da ging die Gruberin nachsehen. Ihr Mann saß im Klo, ganz blaß im Gesicht, er schaute sie starr an.

Was hast du denn?

Da schau her, sagte Gruber, stand auf und ließ seine Frau in die Klomuschel schauen. Sie war voll Blut.

Um Gottes willen, was ist denn das?

Da erinnerte sich Gruber wieder an den Heilpraktiker.

Du mußt gleich morgen zum Doktor gehen, sagte die Gruberin, gleich morgen früh mußt du gehen. Gruber versprach es und legte sich wieder schlafen. Am nächsten Morgen aber war alles gut. Gruber meinte, das seien nur die Hämorrhoiden gewesen, das hat mir der Doktor immer schon gesagt, daß ich Hämorrhoiden habe, die wurden durch den Wein gereizt und durch das scharfe Zeug, das wir getrunken haben. Das ist weiter nichts.

Von Zeit zu Zeit, besonders im Frühjahr und Herbst, hatte Gruber Schmerzen im Bauch, gelegentlich ging Blut ab. Jedesmal wurde es aber gut, noch bevor er zum Arzt ging, was er möglichst aufschob. Er fand keine Zeit dafür, dachte vor allem ans Geld, weil die Bauernkrankenkasse nur einen Teil der Kosten für Arzt, Medikamente und Krankenhaus rückerstattete. Als Gruber dann im Frühjahr 1974 immer wieder Bauchschmerzen hatte und zu dieser Zeit von der Arbeitsstelle in der Voest erfuhr, nahm er sie an. Nach sechs Wochen, sagte er, bin ich dort voll krankenversichert, kann mich, wenn es notwendig ist, kostenlos ins Spital legen, mich in Ruhe behandeln lassen.

Vor allem das leuchtete der Gruberin ein.

Gruber kann nicht schlafen.

Wieviel Partezettel, fragt er, läßt du eigentlich drucken?

Ich weiß nicht.

Ihr werdet schon so 250 brauchen. Sag, läßt du mein Foto draufmachen?

Freilich, sagt die Gruberin, auf den Grabstein lasse ich es dir auch draufmachen.

Im Frühjahr 1974 begann Gruber als Schichtarbeiter in der Voest zu arbeiten. Mit dem Schichtbus waren es von Großgerungs zwei Stunden nach Linz, das bedeutete jeden Tag acht Stunden Arbeit und vier Stunden Fahrzeit auf schlechter und kurvenreicher Strecke, da der Bus Umwege fuhr, um auch in anderen Dörfern Nebenerwerbsbauern zusteigen zu lassen. Das Busfahren machte Gruber sehr zu schaffen; ganz entnervt kam er oft heim. Die Schichten begannen um sechs Uhr morgens, um zwei Uhr nachmittags und um zehn Uhr abends. Am schlimmsten war es, wenn Gruber Frühschicht hatte. Seine Frau weckte ihn dann um drei Uhr, machte ihm das Frühstück, richtete ihm ein Jausenbrot. Dann fuhr Gruber mit dem Auto nach Großgerungs, parkte auf dem Marktplatz und stieg gegen vier Uhr in den Schichtbus. Nachmittags gegen halb fünf kam er wieder zurück, früh genug, um noch etwas mitzubekommen von der Feldarbeit und dem sonstigen Tagesgeschehen.

Er arbeitete zu Hause gleich weiter. Immer meinte er, viel zuwenig sei getan worden und alles werde falsch gemacht.

Karl hatte als Absolvent der Landwirtschaftsschule andere Pläne mit der Bewirtschaftung des Hofes. Seinem Vater waren sie finanziell zu aufwendig. Viel zuviel Kunstdünger würde er streuen, auch den falschen, ganz verkehrt würde er sich die Arbeit einteilen, einfach unpraktisch, falsch füttern würde er, zuwenig Heu, zuviel Silage, und Klee, warum fütterst du keinen Klee, viel zu teures Ferkelfutter würde er kaufen, zuwenig achtgeben auf die Maschinen, man kann nicht hollodero dahinbrausen, was das alles kostet.

Wenn Gruber Nachmittagsschicht hatte, kam er nach Mitternacht heim und ging gleich schlafen. Am nächsten Morgen konnte man in Ruhe mit ihm sprechen, auch wirtschaftliche Dinge planen. Die Nachtschicht war auch nicht so schlimm, aber nur, wenn Gruber dann vormittags gleich schlafen ging, die Gruberin die Vorhänge zuzog und dafür sorgte, daß er ungestört blieb, indem sie den Kindern befahl, den anderen Hauseingang zu benützen, der nicht am Schlafzimmer vorbeiführt, oder durch den Stall ins Haus zu gehen. Nachmittags war Gruber dann ausgeruht und zugänglich. Wenn er aber von der Nachtschicht nach Hause kam und gleich den ganzen Tag weiterarbeitete, weil er meinte, die anderen kämen nicht zurecht, war es voraussehbar, daß Streit aufkam, bevor Gruber übernächtigt zur nächsten Schicht fuhr.

Auf dem Nachtkästchen hat sich Gruber ein Schachterl bereitgestellt. Nachdem ihm die Gruberin das Abendessen, eine Schleimsuppe und altbackenes Brot, gebracht hat, den Leinsamenbrei ausgewechselt, die nach einer Venenentzündung stark geschwollenen Füße mit Salben beschmiert und eingewickelt, alle Teesorten für die Nacht neu gekocht, ein schmerzstillendes Zäpfchen verabreicht hat, nachdem ihm seine Tochter Marianne die jeden zweiten Tag fällige Mistelinjektion in den Bauch gespritzt hat, verweist Gruber auf das braune Pappschachterl.

Das sind Andenken an mich und Sachen, die du brauchen wirst.

Die Gruberin öffnet den Deckel. Medaillen liegen darinnen, mit denen ihr Mann bei der Feuerwehr ausgezeichnet worden ist. Die letzte, eine Landesauszeichnung, wurde ihm erst vor drei Monaten beim örtlichen Feuerwehrfest verliehen. Der Ehering, der ihm längst viel zu groß ist, Zettel mit Gebeten, die Gruber als Vorbeter bei Totenwachen, beim Kornfeldbeten und beim jährlichen Gebetszug zum Kreuzstöckl brauchte.

Die gibst du dem Weissinger, der wird das nach mir machen.

Zuunterst liegt ein Foto, knapp zwei Jahre alt. Dieses Foto hätt ich gern auf den Partezetteln. Ja, und der Sarg, kauft mir einen gewöhnlichen Sarg, Särge sind viel zu teuer, ihr werdet genug Unkosten haben.

Die Gruberin legt alles in die Schachtel zurück, geht dann hinaus.

Gruber hatte sich das Arbeitersein einfacher vorgestellt. Im Sommer und Herbst, wenn die Feldarbeit oft bis acht, neun Uhr abends dauerte und er dann mit seiner Frau noch zwei Stunden im Stall werken mußte, sah er neidisch zum Wirtshaus hinüber, wo ab fünf Uhr die wenigen Arbeiter, die es im Dorf gab, ehemalige Kleinhäusler, Feierabend machten, meist Karten spielten, Wein tranken. Ein gesichertes Einkommen, dachte Gruber, feste Arbeitszeit, kein Risiko.

Als Gruber im Walzwerk der Voest zu arbeiten begann, war er anfangs immer sehr müde, hatte, wenn er im Bett lag, noch das Dröhnen der Stanzen im Ohr, konnte nicht einschlafen. Der Meister, der Grubers Schicht leitete, war mit ihm sehr zufrieden, weil er, wie er sagte, gut arbeite, geschickt sei und mitdenke. Da er außerdem einer der wenigen Österreicher war, das Walzwerk beschäftigte damals fast ausschließlich Gastarbeiter, sah er in ihm schon nach wenigen Monaten seinen möglichen Nachfolger. Er wollte ein gutes Wort für ihn bei der Direktion einlegen.

Gruber begann manches anders zu sehen. Hier in der Voest waren die meisten von Grubers Kollegen Sozialisten. Er sah Arbeitsunfälle, erlebte, wie ein türkischer Kollege, mit dem er sich gut verstand, plötzlich entlassen wurde, weil ein einheimischer Nebenerwerbsbauer seinen Platz haben sollte. Früher hatte Gruber als einzige Zeitung den ›Bauernbündler‹ gelesen, jetzt las er gelegentlich auch in der Gewerkschaftszeitung. Früher, unter der Regierung Klaus, sei es den Bauern auch nicht besser gegangen als jetzt, meinte plötzlich Gruber. Er erinnerte sich, wie er für Michael nicht einmal tausend Schilling Internatsgeld monatlich aufbringen konnte, es auch noch keine staatliche Heimbeihilfe gab und er daher einen Kredit aufnehmen mußte, nur um dem Sohn den Besuch des Gymnasiums zu ermöglichen, weil der Bub es sich in den Kopf gesetzt hatte, oder hat es ihm die Mutter in den Kopf gesetzt, Priester zu werden, und dagegen konnte ein Katholik schwer etwas einwenden. Bei der Marianne war es dann schon leichter. Da gab es Schülerfreifahrt und Gratisschulbücher, trotzdem war es eine Belastung.

An die Arbeit hatte sich Gruber bald gewöhnt, an die vier Stunden Busfahrt konnte er sich nicht gewöhnen, das machte ihn verdrossen und nervös. Und immer wieder die Schwierigkeiten zu Hause, Karl, der seinem Vater alles falsch machte, die Gruberin, die nicht wußte, was sie mit ihrem Mann noch reden konnte. Da beschloß Gruber eines Tages, probehalber die ganze Woche in Linz zu bleiben, ein werkseigenes Zimmer zu mieten, das nicht viel kostete.

Als er am Samstagnachmittag mit seinem Auto zurückkam, war die Gruberin mit den Kindern eben damit beschäftigt, die Heuernte von der Brunnwiese einzubringen. Er fuhr den Feldweg herein, winkte ihnen von weitem schon zu, lachte, stieg aus, lief freudig herbei, umarmte seine Frau das erste Mal vor den Kindern.

Ganz verändert war Gruber, seit er nur mehr zum Wochenende kam. Auch über Schmerzen klagte er nicht mehr. Sie waren schon zu Ende des Frühjahrs weniger geworden und nun gänzlich verschwunden. Gruber hatte immer vorgehabt, sich nach einigen Monaten Arbeit einmal gründlich untersuchen zu lassen. Nun, da er in Linz wohnte und es ihm gutging, sah er keinen Grund mehr dazu. Ich glaube, das ist das Wasser in Linz, das mir so guttut, weißt, ich trinke sehr viel Wasser.

Der Pfarrer von Etzen kommt jeden Sonntag nach der zweiten Messe mit seinem VW zum Tor herein. Er legt die Stola um, nimmt ein mit Goldstickerei verziertes Täschchen zur Hand, betritt das Haus und gleich rechts das Schlafzimmer. Gruber will nun die ganze Familie um sich versammelt sehen. Nach Karl fragt er immer vergebens. Die Gruberin entzündet zwei Kerzen auf einem Tischchen, das am Fußende von Grubers Krankenbett steht. Der Pfarrer packt aus der Tasche ein weißes Leinentuch aus und breitet es auf das weiße Tischtuch, legt die vergoldete Patene darauf. Aus einer runden Silberschatulle nimmt er eine geweihte Hostie, die er auf die Patene legt, und liest dann Gruber das Sonntagsevangelium vor. Die Familie steht im Halbkreis hinter dem Pfarrer, der nun Gebete aus dem Buch »Der Versehgang« liest, dann Gruber die Kommunion spendet. Wenn er zum Schluß den Segen Gottes auf alle anwesenden Personen herabbittet, kniet die Gruberin nieder, zögernd folgen die Kinder ihrem Beispiel. Nach der Andacht plaudert der Pfarrer noch eine Zeitlang mit Gruber, erzählt ein paar Neuigkeiten aus dem Stift, fragt, wie es Michael geht, wünscht gute Besserung und fährt wieder fort.

Gruber ist traurig darüber, daß Karl wieder nicht da war.

Zunächst schien es für alle besser zu sein, daß Gruber die ganze Woche in Linz blieb. Bald gab es jedoch neue Schwierigkeiten. Karl führte die Wirtschaft nach seinen Vorstellungen. Schon zweiundzwanzigjährig, hatte er noch immer kein eigenes Einkommen; jeder Groschen, der täglich durch seine Hände ging, gehörte seinem Vater. Samstagabend, wenn Karl fortgehen wollte, gab es immer den gleichen Kampf. Gruber wollte ihn finanziell möglichst knapp halten, Karl wollte mit seinen Freunden die Diskotheken besuchen, die damals im Waldviertel in großer Zahl eröffnet wurden und massenhaft Zulauf fanden, er wollte sich nicht sagen lassen, daß er den größten Hof des Dorfes bewirtschafte und trotzdem kein Geld habe. Jeden Samstag hörte die Gruberin ihren Mann und ihren ältesten Sohn bis in den Stall hinaus schreien. Das dauerte immer eine Zeitlang, dann bekam Karl wutschäumend seine Wochenration ausbezahlt und fuhr fort. Was Gruber vor allem ärgerte, war, daß Karl das ganze Geld im Wirtshaus ausgab, sich sonst nichts kaufte, kein Hemd, keine Socken oder dergleichen Nützliches. Aber er besaß einen gebrauchten Opel Kadett, den er sich von dem Geld gekauft hatte, das er im vergangenen Jahr bei Saisonarbeiten, Zuckerrübenernte und Weinlese, verdient hatte. Dieses Auto mußte nun Gruber zusätzlich zu seinem eigenen erhalten. Es wurde aber auch dringend benötigt, seit Gruber mit seinem Auto die ganze Woche fort war, da es im Dorf nicht einmal ein Lebensmittelgeschäft gab.

Montag früh hatte dann die Gruberin ihren Kampf. Bevor ihr Mann nach Linz fuhr, mußte sie um das Wirtschaftsgeld betteln.

Viel zuviel Geld verbraucht ihr, meinte Gruber, viel zuviel Geld. Ihr könnt nicht wirtschaften. Jetzt verdiene ich schon ein halbes Jahr, und was bleibt mir übrig, nichts, gar nichts, alles braucht ihr auf. Das geht nicht weiter so, ihr müßt das Geld zusammenhalten. So ging das Gespräch jeden Montagmorgen dahin, bis Gruber höchste Eile hatte, noch rechtzeitig zur Schicht in die Voest zu kommen. Fuchtig ein paar Tausender auf den Tisch geklatscht, und Gruber verschwand. Da beschloß die Gruberin, ab sofort Woche für Woche alle Ausgaben genau aufzuschreiben und ihrem Mann am Wochenende die Liste vorzulegen. Sie tat das dreimal, aber Gruber hatte dafür nichts übrig, warf nur kurz einen Blick auf die Liste, legte sie gleich weg. Es war ihm unangenehm.

Es wurmte ihn, daß ihm die Dinge zu Hause zusehends entglitten. Er fühlte sich bald nur mehr als Geldgeber vom Wochenende. Als die Voest wegen zunehmender Beschäftigung von Nebenerwerbsbauern gezwungen war, einen zweiten Schichtbus einzusetzen, der eine schnellere, weniger kurvenreiche Strecke fuhr, beschloß Gruber, sein Zimmer aufzugeben und wieder mit dem Bus zu fahren. Jetzt machten ihm die Busfahrten weniger aus als früher, dafür begannen erneut die großen Streitigkeiten zu Hause. Karl flüchtete Freitag, Samstag und Sonntag abends in Diskotheken, auf Bälle, Feuerwehrfeste, Kränzchen und sonstige Veranstaltungen, verbrauchte auch immer mehr Geld, was die Probleme nur verschärfte.

Marianne ging zu dieser Zeit dem Vater aus dem Weg. Sie mochte ihn nicht mehr ausstehen, da er auch sie, wenn er in Rage war, mit Vorwürfen überhäufte. Die Gruberin stand zwischen den Fronten. Sie arbeitete den ganzen Tag mit Karl zusammen, was, abgesehen von den Zeiten, wo auch er seine Tobsuchtsanfälle bekam, ganz gut funktionierte, verurteilte aber andererseits seine Wochenendtouren, weil sie gemessen an dem Geld, das der Familie sonst zur Verfügung stand, sehr kostspielig waren. Die Gruberin wurde so von ihrem Mann und von Karl abwechselnd angegriffen.

Grubers Schmerzen sind durch Inalgon- oder Novalginzäpfchen nicht mehr zu stillen. Seit zwei Wochen liegen die Fortral auf seinem Nachtkästchen, genauso lange studiert er schon die Beschreibung. Immer wieder läßt er sich das Buch »Der Hausarzt« reichen, um in den Erklärungen medizinischer Fachausdrücke zu blättern. Was heißt das bloß, daß die Fortralzäpfchen zur Gruppe der Alkaloide gehören? Warum steht da, daß man dieses schmerzstillende Mittel nur eine bestimmte Zeit lang verwenden soll? Ist das ein Rauschgift?

Lieber Schmerzen, als zu früh an ein starkes Medikament gewöhnen und dabei abbauen. Ich darf den Mut nicht aufgeben, sonst ist es zu spät.

Am Abend läßt sich Gruber ein Fortral verabreichen. Er kann seit Tagen wieder das erste Mal schlafen.

Eines Tages kam Gruber mit zwei Männern ins Haus. Er hatte auf ein Zeitungsinserat reagiert, in dem der Posten eines Vertreters für Stallungen angeboten worden war. Die beiden Männer wollten ihm diesen Beruf schmackhaft machen. Das ganze Gebiet nördlich der Donau hätte er zu betreuen, würde dabei auch gut verdienen, noch besser als in der Voest. Gruber war mit Leib und Seele dabei. Er beschloß, drei Tage Urlaub zu nehmen und probeweise mit den Vertretern zu fahren. Das tat er schon eine Woche später. Danach kamen die beiden Männer mit Gruber wieder heim und versuchten der Gruberin klarzumachen, daß er der geeignete Mann für diesen Posten sei. Nur ihn wollten sie haben, er könnte besser mit den Bauern reden als jeder andere, da er selbst Bauer sei und die Probleme kenne. Die Gruberin wehrte sich dagegen, wollte Bedenkzeit, man könne nicht von heute auf morgen sein Leben ändern, einem Spleen nachgeben, gründlich müsse man sich so etwas überlegen.

Am selben Tag noch, als die Männer schon fort waren, wartete Karl mit einer Überraschung auf. Er erklärte nachdrücklich, daß er nicht mehr zu Hause bleiben wolle, weil er diese Streitereien nicht mehr aushalte. Sein eigenes Geld wolle er verdienen, nicht mit jedem Groschen von Vaters Tasche abhängig sein. Gerne wäre er Bauer geworden, aber wenn er nicht arbeiten könne, wie er wolle, habe das keinen Sinn, bringe nur Verdruß.

Gruber war vor den Kopf gestoßen. Seine Frau hielt sich zurück. Lange schon hatte sie das kommen sehen.

Nach der Frühschicht fuhr Gruber in den Wald zu Karl, der dort Holz fällte. Während Gruber mit der Hacke aus dem Baum Scharten herausschlug, versuchte er Karl, dessen dröhnende Kettensäge überschreiend, einzureden, doch auf der Wirtschaft zu bleiben. Der Baum fiel zu Boden, beide schlugen ihm mit Beilen die Äste ab. Gruber versprach seinem Sohn, er könne spätestens in fünf Jahren die Wirtschaft haben, sobald er in seinem Vertreterberuf eingearbeitet sei, dabei werde es sicher bleiben, er solle doch dieses Angebot nicht ausschlagen, wenn er sich für die Landwirtschaft interessiere. Oder interessierst du dich nicht mehr dafür?

Karl ging nicht darauf ein. Er wollte die Wirtschaft sofort

haben oder gar nicht. Was ist, wenn du es dir in fünf Jahren anders überlegst, dann stehe ich da mit fünfundzwanzig Jahren, ohne Beruf, ohne irgend etwas. Gleich morgen werde ich nach Zwettl aufs Arbeitsamt fahren, mir einen Beruf suchen. Ich habe genug, ich bleibe nicht länger. Ich will die Wirtschaft gleich oder gar nicht.

Die Gruberin hat entdeckt, daß ihrem Mann ein Bad im Absud der Zweige des Wacholderstrauchs sehr gut bekommt. Er fühlt sich danach immer wohl, hat Lust, eine Zeitlang im Wohnzimmer auf dem Sofa zu sitzen.

Sie hilft ihrem Mann in die Badewanne hinein. Während er mit gesenktem Kopf dasitzt und sagt, ich bin nur mehr ein Wrack, steht sie neben ihm und betrachtet seinen Körper. Das Gesicht eingefallen, die Augen in dunklen Höhlen, am Hals und auf den Schultern tiefe Löcher in den Körper hinein, die Rippen kann man zählen, überall spannt sich die Haut über Knochen, nichts dazwischen, nur der Hodensack ist geschwollen wie ein Luftballon, ebenso ein Bein. In ein paar Tagen wird es wieder das andere Bein sein. Sie wäscht Gruber vorsichtig, hilft ihm aus der Badewanne heraus, trocknet ihn ab, reibt dann seinen Körper mit Schwedenkräutern ein, fascht den geschwollenen Fuß, wickelt um den Bauch Tücher. Auf den Arm seiner Frau gestützt, geht Gruber ins Wohnzimmer. Wenn sie beim Vorzimmerspiegel vorbeikommen, bleibt Gruber stehen und blickt sich stur ins Gesicht, das er kaum wiedererkennt. Die Gruberin zerrt ihn weiter.

Gruber konnte seinen Vertreterposten nicht antreten. Er mußte obendrein auch bei der Voest Abschied nehmen und zurückkehren in die Landwirtschaft. Das Arbeitsamt Zwettl war außerstande, Karl Arbeit zu vermitteln. Es gab für Berufszweige ohne Ausbildung eine lange Warteliste, in die er sich eintragen ließ, aber ohne Chance für das nächste Jahr. Er bat den Vater, sich in der Voest zu erkundigen, ob es da etwas gebe für ihn. Anfang 1975 konnte er beim Güterverschub in der Voest anfangen. Gruber arbeitete trotzdem noch sechs Wochen weiter, um das Urlaubsgeld für 1975 zu bekommen. Diese sechs Wochen waren eine harte Zeit für die Gruberin. Allein hatte sie die ganze Wirtschaft zu betreuen, zusätzlich zur Hausarbeit. Morgens stand sie um fünf Uhr auf, ging in den Stall, wo sie mehr als drei Stunden lang die Tiere versorgte, während Marianne die kleinen Geschwister für die Schule fertig machte, Frühstück kochte, Schulbrote schmierte und dann selbst zum Autobus hetzte, der sie ins Zwettler Gymnasium brachte. Nach dem Stall war die Gruberin schon erschöpft. Sie war die schweren Arbeiten, die sonst immer nur Vater oder Karl verrichtet hatten, wie Ausmisten, Silage schneiden und verfüttern, mit der Schwinge Streu von der Scheune herübertragen und unter den Kühen und Stieren verteilen, nicht gewöhnt. Auf das Zusammenkehren verzichtete sie. Man könne nicht von ihr verlangen, daß der Stall auch noch blitzsauber sei.

Die Gruberin aß ein Butterbrot, trank einen Häferlkaffee dazu, mußte gleich darauf die Milchkannen zum Kühlhaus hinauftragen, wo sie von einem Lastauto der Molkereigenossenschaft abgeholt wurden. Sie ging dann aufs Feld hinaus und klaubte Zentner von Steinen zusammen, die noch vor dem Aufgehen der Saat entfernt werden mußten, weil sie sonst an den Maschinen Schaden anrichteten. Tagelang ging die Gruberin über die Felder, zeilenweise, einen kräftigen Leinenschurz umgelegt, in den sie, mit einer Hand vorne die Enden zusammenhaltend, die kleinen Steine hineinklaubte, die sie dann, wenn das Gewicht zu schwer wurde, am Feldrand auf einen Haufen zusammenschüttete. Größere Steine mußte sie mit beiden Händen zu den Steinhaufen tragen. Bauern auf den Nachbarfeldern grüßten herüber, sagten auch, daß du so dumm bist, ich würde das nie allein machen, allein wird man da ja nie fertig.

Ab April 1975 war Gruber wieder Bauer. Er hatte in der Voest als Schichtarbeiter mit Gefahrenzulage nicht schlecht verdient, immer so acht- bis neuntausend Schilling. Aber kein Groschen war übriggeblieben, alles war in die Landwirtschaft verschwunden. Der Kunstdünger im Frühjahr hat Gruber gleich ein halbes Jahresgehalt gekostet. Er wußte nicht mehr, wofür er eigentlich gearbeitet hatte.

Nie war ihm so aufgefallen, daß es an allem fehlte, wie an seinem letzten Arbeitstag, als er, nach einer kleinen Abschiedsfeier von seinen Kollegen, nach Hause kam. Er wollte duschen, fand aber kein Haarshampoo, die Handtücher waren tropfnaß, weil es für die achtköpfige Familie zu wenige gab, da ging er ins Wohnzimmer, über den abgetretenen, an manchen Stellen dunkelgrauen Fußboden, der längst hätte abgeschliffen und neu versiegelt werden müssen, sah die alte Bank, die aus seinen Pullovern und Westen oft schon Fäden herausgerissen hatte, den Fernsehapparat, bei dem seit Jahren nur ein Programm funktionierte und das unter starkem Rauschen, dann weiter in die Küche, wo in der Küchenkredenz, deren Mitteltür sich schon jahrelang nicht mehr schließen ließ, die abgeschlagenen, immer wieder löchrigen Reindeln lagen, überall diese wackligen Stühle, der eine mit dem großen Loch, das die Gruberin beim Essen mit ihrem Hinterteil zudeckte, in die Gegenrichtung ins Schlafzimmer, in dem Kalkplatten von der Wand fielen, Mauerwerk und Plafond Risse aufwiesen, die Außenwand stellenweise bis zur Decke mit Schimmel überzogen war, er hätte sie längst gegen Nässe isolieren müssen, sah an der Kastentür den Wintermantel der Gruberin hängen, mindestens zehn Jahre alt, der immer deutlicher das Gewebe hervortreten ließ, dachte an die Buben, die nur je ein Schulgewand, bestehend aus Hose, Hemd und Weste, besaßen, einen Sonntagsanzug noch zum Kirchengehen, die sich nie die Zähne putzten, selten wuschen, denn es fehlte die Zeit, sie zu solchen Dingen anzuhalten, weil er und seine Frau morgens und abends je zwei Stunden im Stall verbrachten, weil er sie tagsüber, wenn sie von der Schule heimkamen, zum Arbeiten benötigte. Sollte es da für Gruber ein Trost sein, daß es im Dorf Bauern mit einer wesentlich kleineren Wirtschaft gab? Ein Jahr lang 8000 Schilling im Monat verdient, plus zweimal Urlaubsgeld, und nichts davon zu merken, keinen Urlaub, keinen Komfort, nur kleine Arbeitserleichterungen. Eines hatte sich geändert: Gruber hatte die Dinge wieder selbst in der Hand, konnte keinem die Schuld geben, wenn etwas nicht klappte, es gab kaum mehr Streit.

Gruber bekommt noch immer viel Besuch. Gestern war überraschend der Pfarrer von Großgerungs hier. Gruber hat sich darüber sehr gefreut, wo er doch nur selten nach Großgerungs in die Kirche gegangen ist, meist in die Pfarrkirche nach Etzen. Der Großgerungser Pfarrer blieb ein paar Stunden.

Manche Nachbarn kommen jeden Tag, der Weissinger zum Beispiel, der Grubers Geschäfte als Feuerwehrhauptmann weiterführt und keine Entscheidung treffen will, ohne Gruber vorher um Rat gefragt zu haben.

Die Gruberin kommt fast jede Viertelstunde ins Schlafzimmer, weil die Heilkräuterbehandlung, nun nicht nur auf die Leber, sondern auch auf Darm, Füße und Lunge abgestimmt, so aufwendig ist. Ständig muß sie neue Umschläge auflegen, verschiedene Teesorten kochen und Kräutergemische ansetzen, ihrem Mann Säfte eingeben, ihn einreiben, schmerzstillende Zäpfchen einführen, leichte, möglichst breiige Diätkost kochen.

Immer wieder hat Gruber neue Dinge für die Zukunft auf dem Herzen. Er erklärt seiner Frau, welchen Wirtschaftszweig sie fördern soll und welcher im Augenblick zu aufwendig ist. Da keine Bilanzen geführt werden, vergißt man im Herbst beim Verkauf der Ernte leicht, wieviel Geld man im Frühjahr für Kunstdünger, Samen, Diesel und für Spritzmittel ausgegeben hat. Zeit, sagt Gruber, darf man nie rechnen, sonst kann man es gleich aufgeben. Stell dich aber nie ganz auf Ackerbau und nie ganz auf Viehzucht um. Eine Mißernte oder schlechte Viehpreise könnten dich sonst in einem Jahr ruinieren.

1976 begann Gruber mit Bauarbeiten. Wir müssen uns um eine zusätzliche Einnahmequelle kümmern, sagte er, sonst kommen wir bald nicht mehr durch. Am besten, wir bauen an den alten Stall einen neuen dran, in dem wir uns dann ein Zuchtschwein halten, ein paar Kälber und Stiere in einem Freilaufabteil.

Als der Boden noch gefroren war, werkte er draußen schon mit Krampen und Schaufeln, hob das Fundament für den neuen Stall aus. Er wollte alles allein machen, ohne Maurer, lediglich der Binder half, wenn die Arbeit besonders hart oder umfangreich war.

Daneben war Gruber auch beim Bau des neuen Feuerwehrhauses beschäftigt. Immer wieder wurde er geholt, um Rat zu geben, Entscheidungen zu treffen, ging auch von selbst oft hin, um mitzuhelfen oder von Großgerungs

Material zu besorgen. Gruber entwickelte bei dieser Bautätigkeit großen Eifer. Von früh bis spät draußen an der Baustelle, kam er nur zum Essen nach Hause und am Abend. Und wenn er bei einer seiner Sitzungen war, im Gemeinderat, Feuerwehrausschuß, in der Molkereigenossenschaft, Lagerhausgenossenschaft, kam er gleich danach heim. Das hatte es früher nicht gegeben, da war er oft sitzen geblieben bis in die Früh.

Während Gruber für Stall und Misthaufenmauer Fundamente schuf, Steine zerschlug, Beton mischte, Verschalungen baute und Mauern aufstellte, zwischendurch auch die Felder eggen, Hafer bauen und Kartoffeln setzen mußte, zerschlug die Gruberin einige Kubikmeter Brennholz, das ihr Mann im Winter gefällt hatte, schichtete es zu drei Meter hohen und fünf Meter langen Stößen im Holzschuppen hinterm Haus, kümmerte sich, als die Wiesen schon saftiger wurden, um das Gras für die Kühe, das sie jeden Tag mit Motormäher oder Sense mähte, je nachdem, ob die Wiese eben war oder hügelig, rechte es zu Haufen zusammen, die sie auf einen Anhänger lud, zog es dann mit dem Traktor durch die hintere Toreinfahrt vor das Einwurffenster vom Stall. Das halte ich schon aus, sagte sie zu Gruber.

Gruber war ganz begeistert vom Stallbauen. Er wollte aus der Landwirtschaft wieder etwas machen, investieren, höhere Erträge anstreben. Weib, sagte er einmal, ich bin jetzt so aufs Bauen eingestellt, wenn der Stall fertig ist und wir wieder ein bißchen Geld haben, nehmen wir uns einen Wohnbaukredit dazu und bauen einen Stock über der Toreinfahrt.

Der Gruberin gefiel dieser Eifer, ihr Mann war verwandelt.

Franz stellt den Traktor schon um fünf Uhr nachmittags im hinteren Schuppen ab. Er will heute an einer Versammlung der Katholischen Jugend in Großgerungs teilnehmen, muß daher früher in den Stall gehen. Der Gruberin ist es nur recht, daß die Stallarbeit heute zeitiger beginnt. Vor einer Woche nämlich hat Marianne eine Mandeloperation im Krankenhaus Zwettl gehabt. Drei Tage ist sie nun zu Hause, hat aber noch immer große Schmerzen. Sie kann nichts essen, liegt den ganzen Tag im Bett, schluckt immer wieder schmerzstillende Tabletten. Gestern hat ihr eine Nachbarin geraten, sie soll Coca Cola trinken. Daraufhin hat ihr die Mutter Coca Cola gekauft, und Marianne behauptet, es sei wirklich besser geworden. Aber sie kann ihrer Mutter nicht zur Seite stehen, die nicht weiß, was sie zuerst tun soll. Sie muß Franz bei der Wirtschaft helfen, morgens und abends ihren Teil der Stallarbeit verrichten, den Haushalt führen, für sechs Personen kochen und gleichzeitig ihren todkranken Mann pflegen. Letzte Nacht ist es ihm sehr schlechtgegangen. Die Gruberin ist wachgeblieben, hat ihm Umschläge gemacht, Medikamente gegeben, dann wieder Tee, hat ihn ablenken wollen oder wenigstens ein bißchen trösten. Erst gegen Morgen ist sie dann eingeschlafen. Der heutige Tag hat sie müde gemacht.

Gegen acht Uhr abends zieht sie in der hinteren Toreinfahrt unter dem Heuboden die Stromkabel aus den Steckdosen, dreht im Stall und in der Saustube, wie sie den Schweinestall nennen, das Licht ab, geht ins Wohnzimmer, zieht Martin aus, der samt Kleidung auf dem Wohnzimmersofa eingeschlafen ist, kümmert sich dann um Gruber. Franz ist schon von einem Bekannten abgeholt worden, Karl ist noch nicht zu Hause. Er sitzt, wie jeden Freitagabend, mit seinen Chauffeurskollegen im Wirtshaus.

Die Gruberin geht heute schon um neun Uhr zu Bett. Sie schläft gleich ein. Um halb ein Uhr nachts steht Gruber auf, nimmt seinen Stock und humpelt allein aufs Klo. Seine Frau ist nicht wach geworden, so will er sie auch nicht aufwecken. Vom Vorzimmer aus sieht er im Hof Licht brennen, er dreht es am Schalter neben der Eingangstür ab. Dann müht er sich die Wand entlang zum Bubenzimmer und schaut hinein. Alle schlafen schon. Beruhigt schleppt er sich zu Bett, freut sich, daß er es allein geschafft hat.

Im Sommer 1976 marschierten Gruber, seine Frau, Marianne und Franz den ganzen Tag durch die Kartoffelfelder, um die von Kartoffelkäfern befallenen Stöcke und andere, deren Blätter sich einrollten, auszureißen und auf einem Anhänger zu sammeln. Gruber war guter Laune, erzählte Witze, die er bei den letzten Vereinssitzungen gehört hatte. Am Abend, als die Gruberin im Hof Kühe melkte, die wegen der Bauarbeiten im Stall vorübergehend im Freien untergebracht waren, sagte Gruber, er müsse nach der Stallarbeit noch zur Gemeinderatssitzung nach Großgerungs fahren.

Heute schon wieder, wo ihr doch erst gestern mitsammen gesoffen habt?

Gruber, der am Vortag bei einer Feuerwehrsitzung war und die Gelegenheit dazu genutzt hatte, die Männer zum Asphaltieren des Dorfweges anzuhalten, brachte der Ausdruck »gesoffen« urplötzlich in Rage. Er ließ den Schrotkübel fallen, lief wutschäumend auf seine Frau zu, brüllte, jetzt reicht's mir, solange ich mich bemühe, etwas für das Dorf zu tun, habe ich zu Hause nur die Stänkereien, ich mache das nicht mehr mit, nicht das geringste Verständnis, keine Unterstützung, immer diese Sticheleien. Er riß der Gruberin den Milchschemel unter dem Körper weg, zerschmetterte ihn am Boden, daß die Trümmer durch die Luft flogen.

Die Gruberin schrie, ob er denn auf einmal verrückt geworden sei. Ihr Mann aber überbrüllte sie: Seit ich dich kenne, trampelst du auf mir herum, du Bißgurn. Jetzt ist Schluß damit, mich ruinierst du nicht. Ich werde ab jetzt andere Saiten mit dir aufziehen.

Die Gruberin kam nicht mehr zu Wort. Die Buben verdrückten sich, Marianne wollte sich vor ihre Mutter stellen und beruhigend auf ihren Vater einreden. Da fühlte er sich auch von ihr angegriffen, fuhr sie an, verfolgte sie in die Küche, wo er den Tisch mit beiden Händen rüttelte, daß alles, was draufstand, herabfiel, Teller, Besteck und ein Marmeladeglas. Marianne weinte. Gruber beschuldigte sie, nur auf der Seite ihrer Mutter zu stehen, alle ihre Spinnereien zu unterstützen, keinen Respekt vor dem Vater zu haben. Er suchte sich Geschirr und zerschlug es vor ihren Augen. Dann nahm er eine Zweiliterflasche und ging in den Keller Most zapfen, bereits beruhigt, wie es schien. Zurückgekommen, hielt er der Gruberin vor, daß sie die Kinder auf ihn hetze, er merke doch, wie die Kinder unter ihrem Einfluß den Vater mieden. Mit dir kann man ja nicht reden, entgegnete die Gruberin, du gehst ja immer gleich auf wie ein Germteig.

Jetzt gibt sie noch immer keine Ruhe, sagte Gruber, packte die Mostflasche und schlug sie auf den Tisch, daß die Scherben bis hinter den Herd spritzten, der Most zur Küchentür hinaus in die Waschküche rann. Dann nahm er die Autoschlüssel vom Haken und fuhr fort.

Die Gruberin lief in den Hof hinaus, Marianne begann die Scherben einzusammeln. Martin kauerte am Sofa und weinte auch. Walter hatte sich im Bubenzimmer eingesperrt.

Inzwischen kam die Schmied Maria auf Besuch. Sie sah die Gruberin weinen und erkundigte sich nach dem Grund. Die Gruberin, die es sonst immer vermieden hatte, ihren Mann vor anderen Leuten bloßzustellen, erzählte, daß sie es nicht mehr aushalte, weggehen müsse, vielleicht zu ihr nach Wien komme, wo sie Arbeit suchen werde. Unbedingt müsse sie von diesem Spinner weggehen.

Dann jedoch bat die Gruberin ihre Freundin, sie möge in Wien ein paar Messen für sie und ihre Ehe aufschreiben lassen, das Geld werde sie ihr das nächste Mal geben. Die Schmied Maria versprach es, rief später auch an, um den Zeitpunkt der bestellten Messen bekanntzugeben. An diesen Tagen, durchwegs Wochentage, ging die Gruberin nach Etzen in die Kirche, ohne ihrem Mann zu sagen, warum.

Von da an nahm Gruber alles hin, regte sich über nichts mehr auf. Wie ein Lämmchen, sagte die Gruberin zur Schmied Maria. Sie schrieb die Veränderung den Gebeten zu und fühlte sich zu dieser Zeit glücklich.

Samstag, 14. Oktober 1978. Die Gruberin wacht um halb vier Uhr morgens auf, sie hört ein dumpfes Surren, das leicht anschwillt, wieder abnimmt. Gruber, schon länger wach, fragt: Spielt da wer mit der Sirene?

Sie lauschen. Da beginnt es erneut. Diesmal verschwindet der Ton aber nicht, wird höher, heult auf, geht zurück, heult wieder auf, ein drittes Mal, ein viertes Mal.

Nein, da ist mehr.

Die Gruberin läuft aus dem Bett, läuft ins Vorzimmer, dort begegnet ihr Karl, der fragt, wo ist mein Feuerwehrgewand, das Feuerwehrgewand brauche ich, da brennt es irgendwo.

Die Gruberin läuft an der Haustür vorbei, deren Glas

hell und rötlich leuchtet. Ist schon jemand mit dem Auto da, der zu meinem Mann will oder Karli abholt?

Sie hört ein Geräusch, wie wenn ein heftiger Wind weht. Sie reißt die Haustür auf, schreit, mein Gott und mein Herr, bei uns brennt es.

Zur Zeit der Kartoffelernte im Herbst 1976 sagte die Gruberin zu ihrem Mann: Du bist so blaß im Gesicht, geht es dir nicht gut? – Es ist nicht so, wie es sein soll. Auch habe ich seit Tagen Blut im Stuhl, muß einmal zum Arzt gehen.

Als es regnete und dadurch die Kartoffelernte unterbrochen werden mußte, fuhr Gruber zum Hausarzt nach Großgerungs. Damals war die Gesundenuntersuchung neu eingeführt worden, für die der Staat die Arztkosten übernahm.

Ach, wegen dem bißchen Blut im Stuhl, sagte der Hausarzt, das sind Hämorrhoiden.

Und die Schmerzen im Bauch?

Da könnte es sich um eine Darminfektion handeln. Herr Gruber, ich schicke Sie nach Zwettl zum Röntgen, damit Sie beruhigt sind. Da schaltete sich der Sohn des Hausarztes ein, ebenfalls ein Arzt, der seinem Vater in der Praxis half. Ist es nicht besser, sagte er, wenn wir den Herrn Gruber nach Krems zur Rektoskopie schicken?

Ach, beim Herrn Gruber ist das nicht notwendig. Das ist der gesündeste Mensch. Die Hämorrhoiden sind ein altes Leiden von ihm, jetzt ist halt eine Darminfektion dazugekommen.

Der Hausarzt horchte und klopfte an Gruber, maß Blutdruck und Puls, schrieb ihm einen Überweisungszettel zur Röntgendiagnose im Krankenhaus Zwettl, bezeichnete ihn ein zweites Mal als den gesündesten Menschen. Dann sprachen sie von kommunalpolitischen Problemen. Der

Hausarzt unterhielt sich immer sehr gerne mit Gruber über Gemeindeangelegenheiten, auch über Parteipolitik oder Feuerwehrbelange. Die Patienten im überfüllten Wartezimmer, die ab sechs Uhr morgens hier warteten, mußten sich länger gedulden, wenn Gruber dran war.

Gruber ließ sich in Zwettl röntgen und brachte die Befunde zum Hausarzt. Na sehen Sie, sagte der, ich habe es Ihnen ja gleich gesagt, daß Sie nichts haben. Das sind nur die Hämorrhoiden, die bluten. Bei Gelegenheit einmal operieren lassen, aber nichts Gefährliches. Ich verschreibe Ihnen hier Tabletten gegen die Darminfektion. Dann redeten sie schon wieder über andere Dinge.

Gruber nahm nun täglich Tabletten gegen die Darminfektion, die jedoch nichts halfen. Er durchsuchte den häuslichen Arzneischrank, fand andere Tabletten, die ihm früher einmal gegen Magengeschwüre verschrieben worden waren, auch sie nützten nichts. Die Schmerzen wurden schlimmer, Blut war noch immer im Stuhl.

Bald wurde Gruber klar, daß es diesmal ohne Operation nicht abgehen werde. Er beschloß, in den nächsten Wochen mit voller Kraft am Stall zu bauen und sich dann ins Krankenhaus zu legen. Nichts gönnte er sich, lebte nur für den Stall und die Feuerwehr, deren Gerätehaus auch noch nicht fertig war. Als am sechsten Dezember der Nikolaus Gruber dringend bat, eine Spezialuntersuchung über sich ergehen zu lassen, denn er selbst wolle noch lange einen Vater haben, sah er ihn traurig an, sagte nichts, nickte nur zustimmend. Der Stall war, abgesehen von der Einrichtung, ziemlich fertig geworden, als Gruber zum Hausarzt ging, ihm erzählte, daß nichts besser, alles nur schlimmer würde. Der Hausarzt, nun in Übereinstimmung mit seinem Sohn, riet Gruber, er solle sich im Krankenhaus Krems die Rektoskopie machen lassen, eine Untersuchung des Darms vom After aus. Er sei da mit einem Professor befreundet, der das vorzüglich mache.

Am nächsten Morgen fuhr Gruber, eine Reisetasche in der Hand, mit dem Postautobus nach Rastenfeld, wartete dort eine Stunde auf den Anschlußbus und fuhr dann weiter nach Krems.

Da wußten sie aber nicht so recht, was sie mit ihm machen sollten. Sie nahmen ihn zwar auf, wiesen ihm ein Krankenbett zu, ließen ihn aber nicht liegen, sondern schickten ihn von einem Bürozimmer ins andere, von Arzt zu Arzt. Am Nachmittag stand fest, daß er wieder nach Hause fahren könne, da die Maschine kaputt sei. Er solle in vier Tagen wiederkommen. Sie hätten dringendere Patienten, er könne in der Zwischenzeit genausogut zu Hause schlafen.

Da nachmittags kein Autobus fuhr, rief Gruber zu Hause an, wo sich jedoch niemand meldete. Die Gruberin und Franz waren Kartoffelsortieren beim Nachbarn. Er rief im Nachbarort bei seinem Schwager, dem Franzonkel, an, aber auch dort meldete sich niemand, denn Franzonkel und Hannitante waren schon unterwegs nach Krems, um Gruber zu besuchen und von den Ärzten die ersten Diagnosen zu erbetteln.

So packte Gruber seine Reisetasche und marschierte los Richtung Senftenberg. Nach der Brücke über die Krems stellte er sich hin und stoppte. Es dauerte nicht lange, da nahm ihn ein Lastwagen mit, der nach Großgerungs fuhr. Als die Gruberin heimkam, erschrak sie, ihr Mann stand da, gelb im Gesicht, sichtlich von Schmerzen geplagt.

Vier Tage später brachte Franzonkel Gruber wieder nach Krems. Das Rektoskop war repariert, es wurde Gruber schon ein paar Stunden später eingeführt.

Am nächsten Vormittag rief er zu Hause an. Seine Frau

war am Telefon. Weib, sagte Gruber, Weib, mit mir geht es zu Ende.

Um Gottes willen, was ist denn mit dir?

Ich muß gleich operiert werden, ich kriege einen Seitenausgang.

Die Gruberin steht erstarrt vor dem Flammenmeer, Karl hinter ihr. Der Feuerschein erleuchtet das Bubenzimmer, wo Walter und Martin aufwachen. Die Gruberin macht einen Schritt zur Haustür hinaus, sieht, daß bereits drei Seiten des Vierkanthofes unter Flammen stehen. Sie muß die Tür sofort schließen, da es stark hereinraucht. Durch diese Tür gibt es ohnehin kein Entkommen mehr. Mein Gott, bei uns brennt es, schreit die Gruberin wieder und wieder.

Im Wohnzimmer stehen sie alle beisammen, in Nachthemden und Pyjamas. Keiner sagt mehr ein Wort, das laute Burren der Flammen, keiner weiß weiter. Gruber steht unter ihnen. Irgendwie muß er herausgehumpelt sein. Auch er sagt nichts. Er geht – er schleppt sich nicht, sondern geht fast normal – zum Telefon und will den Feuerwehrhauptmann von Großgerungs anrufen, damit er mit einem Tankwagen kommt, denn Gruber befürchtet, daß die beiden Bassins im Ort zuwenig Wasser haben werden. Doch das Telefon ist unterbrochen, das bedeutet, daß auch der Dachstuhl der Vorderseite des Hauses bereits brennt, direkt über ihnen. Plötzlich geht das elektrische Licht aus. Sie stehen im Wohnzimmer und blicken in das glühendrot erleuchtete Vorzimmer. Da sagt Gruber: Schnell alle zum Fenster hinaus, bevor es zu spät ist. Die Gruberin gerät in Panik, beginnt wie verrückt zu schreien, ruft den Kindern nach, die hintereinander zum Wohnzimmerfenster hinausspringen, sie sollen noch einmal auf die

Sirene drücken, die inzwischen zu heulen aufgehört hat, drückt drauf, drückt drauf, daß es alle hören, dann läuft sie ins Schlafzimmer, schnappt sich den Schlafmantel und springt gleich dort durch das Fenster auf den Rasen hinaus. Walter ist inzwischen halbnackt beim Schmied an der Straße angekommen. Die Sirene heult erneut auf. Der achtjährige Martin ist geradeaus in die Wiese hineingelaufen, wo er nun dasteht, verschreckt das brennende Haus anschaut.

Marianne, die wegen starker Halsschmerzen erst vor zwei Stunden einschlafen konnte, schließt das Schlafzimmerfenster, damit es nicht hereinraucht, setzt sich dann zum Vater auf das Sofa im Wohnzimmer. Sie sind verlassen.

Am 23. Dezember 1976 rief Gruber an, daß er operiert werde. Nach dem Telefongespräch mit seiner Frau hatte er solche Sehnsucht, seine Familie zu sehen, daß er den Arzt bat, ob es nicht möglich sei, die Operation ein paar Tage zu verschieben, damit er Weihnachten noch bei seiner Familie feiern könne. Das wurde genehmigt, da er versprach, am 26. Dezember wiederzukommen. Bis dahin dürfe er nur leichte Kost essen, auch möglichst wenig, damit der Darm sich langsam leere.

Franzonkel und die Gruberin holten ihn von Krems ab. Bei der Heimfahrt erzählte er von der Rektoskopie, wie die Ärzte an einer bestimmten Stelle innehielten und abwechselnd in das Gerät schauten, wie sie lateinische Wörter zu wechseln begannen, von Kolotomie war die Rede und von anus praeturalis. Er habe ein paar Fachausdrücke, die ihm wichtig vorgekommen seien, in Gedanken immer wiederholt, auch heute nacht, da er sowieso kaum schlafen konnte. Zu Hause werde er dann im Doktorbuch nachsehen, was sie bedeuten. Ihn werde man nicht reinlegen können, denn er lasse keine Bemerkung unbeachtet, würde bald Verdacht schöpfen, wenn etwas nicht stimmte.

Zu Hause angekommen, nahm Gruber das Buch »Der Hausarzt« zur Hand und übersetzte zunächst die lateinischen Worte. Dabei erfuhr er jedoch nicht mehr, als er sowieso schon wußte, daß er am Darm operiert werde und man einen künstlichen Ausgang anlege. Dann las Gruber andere Kapitel, ging in der Küche auf und ab, blieb stehen, ging weiter. Hin und her trieb es ihn, er begann immer wieder von vorne zu lesen. Nach einer Weile trat er vor seine Frau hin, blickte sie an mit gerunzelter Stirn und zugekniffenen Augen, sagte, ich habe sonst gar nichts als den Krebs. Alle Anzeichen, wie sie da stehen, genauso habe ich es, ich habe den Krebs.

Am Stefanstag brachte Karl mit seinem Auto Vater und Mutter nach Krems. Als sie um die Kurve das Dorf verließen, stand der Weissinger im Tor und sah ihnen nach, winkte auch andeutungsweise. Es war Grubers Wunsch, vorher nach Maria Taferl zu fahren und von dort über die Donauuferstraße nach Krems. In Maria Taferl kniete sich Gruber vor die Statue der schmerzhaften Muttergottes und betete auf eine innige Weise, die man bei ihm nie zuvor gesehen hatte, eher bei der Gruberin, die hinter ihm kniete. Gruber sagte danach, daß er sich nun erleichtert fühle.

Im Krankenhaus Krems wurde ihm das Zimmer Nummer sechs zugewiesen. Da lag noch ein alter Mann, der bereits den Seitenausgang hatte. Die Gruberin half ihrem Mann, der sehr schwach wirkte, beim Umkleiden, räumte ihm den Rasierapparat in die Nachtkästchenlade, die Zahnbürste und sonstige Kleinigkeiten. Dann blieben sie bei ihm am Bettrand sitzen, bis das Abendessen serviert wurde. Als sie wegfuhren, winkte Gruber ihnen durch das Gangfenster nach.

Gruber wurde einige Tage auf die Operation vorbereitet. Blut wurde ihm abgenommen, eine Harnprobe mußte er abgeben. Er bekam fast nichts zu essen, bald nur mehr Tee zu trinken. Am dritten Tag wurde ihm eine Infusion angehängt. Als nach einem Einlauf das Wasser ganz klar zurückkam, war die Hilfsschwester zufrieden. Morgen um diese Zeit haben Sie die Laparotomie schon hinter sich.

Was?

Operiert sind Sie halt schon. Wird ja nicht so leicht sein bei Ihnen.

Woher wissen Sie das?

Sie nahm die Tafel, die am Bett hing, zur Hand und sagte, sehen Sie da dieses Kreuzerl, wenn ich das sehe, kenne ich mich schon aus.

Was heißt das Kreuzerl?

Daß die Operation schwierig wird, sage ich ja die ganze Zeit. Die Hilfsschwester deckte Gruber zu und verschwand wieder.

In der Nacht konnte Gruber nicht schlafen. Er ging auf den Gang hinaus. Im Zimmer nebenan, einem Büroraum, saß bei offener Tür die Nachtschwester und schrieb. Gruber fragte, ob er ihr ein bißchen Gesellschaft leisten dürfe, er könne nicht schlafen. Ja, sagte die Schwester, und ich könnte schlafen und darf nicht. Setzen Sie sich nur her.

Gruber begann ihr alles mögliche zu erzählen, kam dann langsam auf seine Krankheit zu sprechen. Er beschwerte sich darüber, daß er nun schon drei Tage da sei und noch immer nicht operiert. Ich habe ja keine Zeit mehr, sagte Gruber. Wissen Sie überhaupt, daß ich Krebs habe?

Ja, sagte die Schwester und senkte den Kopf. Gruber wußte es nun auch.

Am nächsten Morgen, gleich nach dem Fiebermessen, kam die Schwester mit der Talamonalspritze. Eineinhalb Stunden später wurde Gruber mit dem Rollbett abgeholt. Er bat seinen Nachbarn noch, er möge genau darauf achten, wie lange er drinnen bleibe.

Man brachte Gruber in den grünen Operationssaal, überprüfte seine Befunde, fragte ihn nach Namen und Alter. Gruber legte sich auf den Operationstisch. Während ihm der Anästhesist zwei Milligramm Pentothal injizierte, fragte er Gruber, ob er auch bequem liege. Der konnte gerade noch ja sagen. Er spürte nichts mehr von der Intubationsnarkose, wie ihm der Tubus in die Luftröhre eingeführt, die Manschette aufgeblasen wurde, so daß sie die Luftröhre abdichtete, wie das Muskelrelaxans Curare gespritzt und dann durch den Tubus ein Lachgas-Sauerstoffgemisch geschickt wurde. Er spürte auch nicht, wie in seiner Bauchgegend nacheinander Oberhaut, Fettschicht, Faszie, Muskeln und Bauchfell durchgetrennt wurden, wobei man blutende Stellen legierte, abklemmte oder mit Hilfe von Elektroden verschmolz, merkte auch nichts davon, wie sich die Ärzte sofort auf seine Leber stürzten, sie gemeinsam betrachteten, beurteilten, nacheinander schließlich alles wieder zunähten, den Narkoseapparat kurz auf Absaugen stellten, extubierten und noch im Operationssaal die erste Reaktion des Patienten abwarteten. Dann brachten sie Gruber wieder auf sein Zimmer, wo der alte Mann auf die Uhr blickte.

Gar nicht lange war er drinnen, gar nicht lange, sagte der Alte zur Gruberin. Eine knappe halbe Stunde. Ihr Mann hatte immer zu ihr gesagt, mich kriegen die einmal nicht dran, wenn ich nicht drei Stunden im Operationssaal bleibe, dann weiß ich, daß sie die Sache nicht mehr bereinigen konnten. Den ganzen Tag hatte das Telefon geläutet. Andauernd hatten sich Leute nach Grubers Befinden erkundigt. Der Weissinger kam herüber, sagte, daß auch bei ihm angerufen werde, ein Großgerungser habe gefragt, ob es wahr sei, daß der Gruber gestorben ist. Um drei Uhr nachmittags schon ging die Gruberin mit Franz und Marianne in den Stall, dann fuhren sie mit den Nondorfern nach Krems, froh, dem vielen Auskunftgeben entronnen zu sein. Der Weissinger hatte ihnen noch aufgetragen, gleich nach der Rückkunft Bescheid zu geben über Grubers Zustand.

Jetzt saßen sie um Gruber, der noch in leichter Narkose lag, nur manchmal kurz die Augen aufschlug, den Mund zu einem Lächeln verzog, aber noch nicht reden konnte. Eine Infusion tropfte langsam in seine Vene. Die Besuchszeit ging zu Ende, sie mußten das Zimmer verlassen, bevor Gruber zu sich kam.

Sie stellten sich dann beim Sprechzimmer des Professors an, der Gruber operiert hatte. Die Gruberin, Marianne, Franz und Franzonkel gingen hinein. Der Arzt fragte, sind Sie Frau Gruber? Wer sind die vielen Leute?

Die Gruberin stellte ihre Kinder und ihren Bruder vor, dann wurde sie gebeten, sich zu setzen. Der Professor sah sie lange an, ohne ein Wort zu sagen, so daß die Gruberin schon ahnte, was es geschlagen hat. Wir haben Ihren Mann operiert, die Operation ist sonst gut verlaufen, wir konnten aber nichts mehr machen, weil schon ein großer Teil der Leber von Metastasen befallen ist. Wie lange Sie Ihren Mann noch haben werden, können wir Ihnen nicht sagen, wir sind keine Propheten, wir können nur vermuten, um Ihnen nichts vorzumachen, drei Monate bis ein halbes Jahr.

Um die Gruberin wurde es schwarz. Sie sank vornüber, Marianne und Franzonkel griffen ihr unter die Arme.

Ihr Mann tut uns sehr leid, sagte der Professor, so ein aufgeweckter und interessierter Mensch ist mir selten begegnet, es tut mir sehr leid. Aber ich kann Ihnen hier nichts anderes sagen als die Wahrheit, so leid es mir tut, er tut mir wirklich sehr leid, sehr.

Marianne und Franzonkel stützten die Gruberin bis zum Auto. Auf der Heimfahrt flennten die Frauen ununterbrochen. Als die Gruberin das fast fertige Feuerwehrhaus sah, begann sie laut zu schreien. Sie kniete sich daheim vor das Bett, noch immer schreiend, mein Gott, was soll ich jetzt nur machen.

Nachbarn kamen, die Schmiedin, die Weissingerin, die Neugschwandtnerin, und versuchten sie zu trösten, legten sie ins Bett, redeten auf sie ein. Sie gaben ihr mehrere Tabletten, die sie bald müde machten.

Die Gruberin sieht nur einen einzigen Feuerwehrmann den Güterweg heraufaufen. O Gott, denkt sie, noch immer keine Feuerwehr da, schreit Hilfe, Hilfe, läuft um die Ecke, wo der Dachstuhl über dem neuen Stall bereits Feuer gefangen hat. Das Vieh, das Vieh ist noch im Stall, schreit sie, denkt plötzlich daran, daß sie ihren Mann alleingelassen hat, und der Hausstock beginnt schon zu brennen, läuft daher zum Schlafzimmerfenster zurück, das nun geschlossen ist. Aufmachen, pocht ans Fenster, daß die Scheibe zerspringt.

Marianne hört es, läuft zum Schlafzimmer, um das Fenster wieder zu öffnen. In der flackernden Dunkelheit läuft sie mit dem Kopf gegen den Türstock, regungslos bleibt sie stehen, das Blut läuft ihr über Auge und Wange herunter und am Hals in das Nachthemd hinein. Als sie sich wieder gefangen hat, nimmt sie eine Decke aus Vaters Bett, hält sie gegen ihren Kopf und will das Fenster öffnen. Die Mutter ist jedoch schon fort. Sie ist zum Wohnzimmerfenster gelaufen, wo sie sich hineinzwängt zu Gruber, der noch immer armselig am Sofa sitzt, sie starr anblickt.

Du mußt es den Feuerwehrleuten sagen, sagt Gruber, sie müssen einen Schlauch durch das Wohnzimmer hereinlegen und den Brand auch von innen bekämpfen, sonst können sie das Wohngebäude nie retten. Und hinten am Stall, auf die Feuermauer sollen sie sich konzentrieren.

Die Gruberin springt wieder zum Fenster hinaus, läuft vor das Haus, wo die örtliche Feuerwehr bereits Schläuche ausrollt, während die Etzener Feuerwehr eben ankommt. Dem Weissinger braucht sie gar nichts zu sagen, er schickt auch so Männer mit Strahlrohren zur vorderen und hinteren Feuermauer, den Etzenern befiehlt er, einen Schlauch durch das Wohnzimmer zu legen und von der vorderen Haustür aus den Löscheinsatz zu betreiben. Die Gruberin ist erleichtert, als sie sieht, daß Kühe und Stiere herumlaufen. Sie werden vom Franzonkel und anderen Männern in den Hof des Nachbarhauses getrieben.

Franzonkel hatte die Sirene gleich gehört, sich schnell angezogen und war der erste, der die Straße von Nondorf herunterlief. Bald erkannte er, daß das Feuer aus dem Haus seiner Schwester und seines Schwagers kam. Noch keinen Menschen sah er, im Feuerwehrhaus startete aber schon jemand den Landrover. Er rammte mit seinem ganzen Körpergewicht die Stalltür auf der Misthaufenseite ein, ließ durch Drehen von zwei Kipphebeln, die für den Notfall da waren, die angeketteten Tiere los, öffnete den Kälbern und Stieren die Eisengitter des Freilaufstalls und trieb alles Vieh mit einer Latte zur Tür hinaus. Die Tiere stockten jedoch. Sie hatten Angst vor dem Feuer. Da kamen aber bereits andere Männer zu Hilfe.

Die Gruberin steigt wieder durch das Fenster ins Wohnzimmer, hinter ihr kommen Etzener Feuerwehrleute mit einem Schlauch nach, schreien, Wasser marsch. Plötzlich spritzt das Wasser im Zimmer herum, denn aus irgendeinem Grund ist der neue C-Schlauch geplatzt. Es dauert im allgemeinen Tumult eine ganze Weile, bis das Kommando Wasser halt bis zum Mann am Verteiler durchdringt, der es für einen Irrtum hält und mehrmals eine Bestätigung einholt, bevor er das Wasser abdreht und einen neuen C-Schlauch an den Verteiler anschließt. Inzwischen stehen Gruber und die anderen bereits bis zum Knöchel im Wasser, das langsam in die Zimmer abfließt.

Eine Nachbarin kommt gelaufen, schreit, gebt den Gruber heraus, legt ihn bei uns ins Bett, schnell den Gruber heraus. Einige Männer nehmen Gruber und heben ihn zum Fenster hinaus, wo andere den Feuerwehrhauptmann übernehmen und zum Nachbarn hinuntertragen, wie eine Leiche.

Am Morgen, als die Gruberin aufstand, brach erneut alles zusammen. Sie schrie laut auf, betete um Hilfe. Franz, der die Schreie hörte, stieg auf den Heuboden hinauf und nahm seine Mutter in die Arme. Mein Gott, was sollen wir nun tun, schrie sie und weinte.

Wieder fuhren sie nach Krems, um Gruber zu besuchen. Der Gruberin verschlug es die Stimme, als sie ihren Mann sah, der darauf drängte zu erfahren, was die Ärzte sagten. Die Hannitante hingegen hatte sich eine Version zurechtgelegt. Sie erzählte ihrem Bruder, die Ärzte hätten bei der Operation festgestellt, daß der Darm noch gar nicht so schlecht sei, und ihn daher vorläufig belassen. Sie hätten jedoch einen Seitenausgang vorbereitet, den sie nur öffnen müßten, wenn der Darm Schwierigkeiten mache. Von der Leber sagte die Hannitante nichts. Sie machte ihrem Bruder Hoffnung, daß er sich bald erholen werde. Gruber glaubte ihr das und gab sich der Illusion hin, daß eben nur Verdacht auf Krebs bestand.

Als sie am Heiligendreikönigstag Gruber wieder besuchten, saß er an der Bettkante und weinte. Die Gruberin wollte sich eben erkundigen, was denn los sei, da ging die Türe auf und die heiligen drei Könige sangen ihr ausgeleiertes Lied vom schönen Jesuskind. Gruber konnte sich nicht beruhigen. Er wandte den Kopf ab und brach nun erst recht in Tränen aus. Als die Ministranten fort waren, drängte Gruber, auf den Gang hinauszugehen, in den Besuchersesseln Platz zu nehmen. Setzen wir uns dort zusammen, sagte er, hielt aber seine Frau zurück, bleib noch da, ich muß dir etwas sagen. Allein im Zimmer, sagte Gruber zu seiner Frau, wieder weinend, mit mir ist es vorbei.

Geh, was redest du denn da. Wie kannst du das sagen.

Nein, mit mir ist es vorbei, mir hilft nichts mehr. Dann erzählte Gruber sein Erlebnis vom letzten Abend. Er war des vielen Liegens überdrüssig geworden, wollte aufstehen, Bewegungen machen, auch wenn es ihm noch nicht erlaubt war. Die Wunde tat nicht sonderlich weh, wenn er langsam ging. Schon vor der Operation hatte er das Zimmer nebenan besucht und sich dort mit einem Mann unterhalten, dessen Leib in einem Gipskorsett steckte. Den besuchte er nun wieder.

Was ist mit dem euren, fragte er Gruber, den ihr da im Zimmer habt, was ist es denn mit dem?

Wieso?

Ja, weißt du das nicht, den haben sie auf- und gleich wieder zugemacht, weil dem ist nicht mehr zu helfen. Stell dir vor, achtundvierzig Jahre alt, sechs Kinder daheim. Stell dir so etwas vor.

Da bin ich zusammengezuckt, sagte Gruber, einen Stich hat es mir gegeben durch den ganzen Körper, denn ich habe gleich gewußt, das kann nur ich sein. Ich habe aber meine fünf Sinne zusammengenommen und habe gefragt, ja wer sagt denn das?

Die Schwestern reden das überall herum. Bei euch können sie ja nicht reden, sonst hört er es.

Ich bin dann in mein Zimmer zurückgegangen. Ich habe mich gefragt, wie wird das sein nach dem Tod? Werde ich meine Eltern wieder treffen, oder wird vielleicht gar nichts sein. Dann mußte ich an euch denken, da erst wurde es bohrend. Wenn ich mir jetzt vorstelle, wie ihr weiterwurschteln müßt und ich mich einfach davonmache, muß ich immer flennen.

Gestern habe ich das schon hingenommen, aber heute, da will ich weiterleben. Nicht nur wegen euch. Heute früh, als ich aufgewacht bin, war dieser brennende Wunsch in mir, ich muß weiterleben können, es muß etwas geben, ich werde kämpfen, wie ein Löwe werde ich kämpfen um mein Leben. Nichts schenke ich her, keinen Zentimeter, um alles werde ich raufen, ich will nicht aufgeben, ich will nicht. Gestern habe ich so ruhig an die Ewigkeit gedacht, heute kann ich es nicht mehr. Mit einem Mann habe ich heute früh am Gang draußen geredet, der hat mir erzählt, er kennt einen Magenoperierten, der auch Krebs hat, dem sie auch nur mehr eine kurze Frist gegeben haben, und der hat mit Heilkräutern angefangen und lebt nun schon fünf Jahre. Wie ich das gehört habe, habe ich mir gedacht, so muß es bei mir auch sein. Da war mir schon leichter, da habe ich schon gehofft, vielleicht gibt es doch noch eine Rettung, sagte Gruber zur Gruberin.

Gruber war noch vier Wochen im Krankenhaus, bis Anfang Februar. Er wurde nun durch eine Chemotherapie behandelt, eine Kombination von Injektionen, Infusionen und Tabletten, die alle die gleiche Wirkung haben, nämlich das Wachstum der Krebszellen zu hemmen, welche sich normalerweise ein paar hundertmal schneller teilen als gesunde Zellen. Die Therapie mußte jedoch abgebrochen werden, weil Grubers Blutbild zu schlecht geworden war.

Jeden Abend nach der Stallarbeit versammelte die Gruberin ihre Kinder um sich, und sie beteten gemeinsam zur schmerzhaften Muttergottes von Maria Taferl. Die Gebete haben gewirkt, meinte die Gruberin, weil sie ihren Mann bald weniger verzweifelt vorfand. Für Gruber war das alles aber noch gleich bohrend wie zuvor, nur gab er sich jetzt Mühe, niemandem zur Last zu fallen, seine Verzweiflung möglichst für sich zu behalten, so zu tun, als sei er zuversichtlich.

Die Besucher redeten auf Gruber ein, sagten, daß es jetzt aufwärts gehe, bald werde er das Krankenhaus verlassen können, natürlich, nach einer Darmoperation dauere das alles etwas länger, bald werde er aber wieder gesund sein und arbeiten können, die Nachbarn freuten sich schon, wenn er heimkomme, und ließen die besten Genesungswünsche ausrichten. Gruber nickte dazu, bedankte sich, tat so, als ob er das alles glauben würde.

Eine Bäuerin aus Blumau sagte zur Gruberin, der einzige Mensch, der deinem Mann noch helfen kann, ist die Wenderin von Kirchberg an der Pielach. Die hat schon sehr vielen geholfen.

Franzonkel hielt nichts davon, gab dann aber dem Drängen der Hannitante nach, die wie ihre Schwägerin nichts unversucht lassen wollte, man könne ja nicht wissen, es sei ja alles möglich. Sie beschlossen am Freitag um sieben Uhr morgens nach Kirchberg an der Pielach zu fahren.

In einem Bauernhof hoch oben am Berg, im Winter nur zu Fuß erreichbar, wohnte die Wenderin. Sie bat die drei Gäste herein, ließ sie niedersetzen und schaute sie an.

Ihr seid ja alle drüsenkrank, sagte sie, noch bevor die Gruberin ihr Anliegen vorgetragen hatte. Dann hörte sie aufmerksam ihrem Bericht zu, ließ sich ein Foto von ihrem Mann vorlegen, das sie lange ansah. Danach schrieb sie der Gruberin auf, was diese in den nächsten sieben Tagen beten sollte, unter anderem fünfunddreißig Vaterunser. Sie werde ebenfalls ihre Gebete verrichten. Gemeinsam werden wir das schon wenden, sagte sie. Die Gruberin müsse beim Beten nur darauf achten, daß es ganz still sei im Zimmer und daß im Haus kein Wasser aufgedreht sei.

Dann ließ sie sich den Grundriß des Schlafzimmers aufzeichnen und fragte, wo die Betten stünden, wo die Fenster seien, wo die Eingangstür, in welchem Bett ihr Mann geschlafen habe. Sie hielt ein Pendel über die Skizze, sagte, das glaube ich euch gerne, der Mann liegt ja auf einer Wasserader, einer tiefen Wasserader, und eine Kreuzung habt ihr auch im Zimmer. Laßt alle Jahre eine Messe aufschreiben für die armen Seelen, damit euch das Wasser nichts anhaben kann, stellt die Betten um.

Die Gruberin zeigte ihr ein Familienfoto, über das die Wenderin ebenfalls das Pendel hielt. Ihr seid alle nicht gesund, sagte sie, der Gesündeste ist noch der da. Mit ihren zerschründeten Fingern zeigte sie auf Michael. Dann ließ sie noch einmal das Pendel über das Bild schwingen, ihre Lippen fingen plötzlich zu beben an, die Augen verdrehten sich, bis nur mehr das Weiße sichtbar war, blau wurde sie im Gesicht, begann am ganzen Körper zu zittern. Die Gruberin und die Nondorfer saßen sprachlos da, wußten nicht, was sie tun sollten. Nach einiger Zeit kam sie aus der Ekstase zurück.

Was ist denn, ist Ihnen etwas, fragte die Gruberin. Die alte Frau deutete auf das Foto.

Was ist denn?

Der da, antwortete sie, deutete wieder auf das Foto.

Welcher?

Das sagte sie nicht mehr. Kommt im Frühjahr wieder.

Zu Hause nahm die Gruberin gleich die Wünschelrute vom Kleiderkasten, mit der ihr Mann seit Jahren immer die Wasseradern gesucht hatte, wenn in der Umgebung jemand einen Brunnen graben wollte. Oft hatte sie zugesehen, noch nie hatte sie selbst die Rute in der Hand gehabt. Sie nahm mit beiden Händen die Enden der Birkenastgabel, drehte sie leicht nach außen, und zwar so, daß das gemeinsame Endstück der Gabel nach oben zeigte. So ging sie ins Schlafzimmer hinein und auf Grubers Bett zu. Je näher sie kam, desto mehr Druck verspürte sie in den Händen, bis genau über der Bettmitte die Rute nach unten zeigte. Wenn die Gruberin schnell zurückging, schnalzte sie wieder in die Höhe. Noch am selben Tag schob sie die Betten weiter zum Fenster hin.

Gruber liegt beim Nachbarn im Bett, bleich und unbeweglich. Seine Frau kommt nach, ganz rot im Gesicht vor Tränen, brüllt ihn an, weint ihn an, das mußt du noch erleben, wieso mußt du auch das noch erleben, bist du nicht schon gestraft genug. Sie stürzt sich auf ihn, sie umarmt ihn, sie macht ihn tränennaß. Gruber aber sagt, jemand solle zum Weissinger laufen und ihm sagen, sie sollten versuchen, die Betondecke im Stall zu retten. Sie sollten sie jetzt schon vom Haus aus mit einem Kantenstück abbolzen, damit sie wegen des vielen Wassers, das man jetzt in das Heu spritzte, nicht durchbreche. Wenn der Brand unter Kontrolle sei, sollten sie dann so früh wie möglich den glühenden Heustock abräumen, damit die Betondecke nicht zu heiß werde. Den Bolzen im Stall könne man auf Dauer durch eine der Eisentraversen ersetzen, die jetzt frei würden, die würden ja in der Hitze nicht beschädigt, man könne sie also durchaus zurechtschneiden und als Steher im Stall verwenden, auch lackieren könne man sie später, damit es besser aussehe, auch damit sie nicht so schnell roste.

Die Hannitante kommt. Händeringend verlangt sie, daß man Gruber sofort zu ihr bringe, sie wolle ihn gerne pflegen, ihren einzigen Bruder, die Schwägerin habe ja jetzt keine Zeit bei diesem Schicksalsschlag.

Nein, sagt Gruber, ich will wieder heim, wenn das Wohngebäude stehen bleibt.

Draußen kämpfen inzwischen sechs Feuerwehren gegen die Flammen.

Karl mußte sich nicht entscheiden, denn es gab für ihn gar keine andere Möglichkeit, als in der Voest, wo er noch nicht einmal ein Jahr arbeitete, zu kündigen. Wer sollte sonst zu Hause die Wirtschaft führen, jetzt wo Gruber in Krems lag und bald sterben würde.

Franz besuchte zwar seit Herbst im Edelhof den dreijährigen Lehrgang der landwirtschaftlichen Fachschule, weil er später einmal von Gruber die Wirtschaft übernehmen sollte, er war aber jetzt noch ohne Erfahrung und mit seinen fünfzehn Jahren zu jung. Er konnte noch keinen Traktorführerschein machen. Wer sollte den Kunstdünger vom Lagerhaus holen, die Mineralstoffmischung für die Kühe, den Sojaschrot für die Stiere, wer die Sau zum Eber bringen? Wer sollte ackern, wer eggen, wer mit dem Heublitz fahren und wer mit dem Vollernter? Das war letztlich entscheidend, denn auch Mutter hatte keinen Führerschein.

Karl mußte auf die Wirtschaft zurückkommen, und er

tat es. Ein zweites Mal aber, sagte er, lasse ich mich nicht vertreiben.

Die Pfarrersköchin erzählte der Gruberin begeistert von dem Vortrag, den Maria Treben im Hippolythaus in St. Pölten gehalten hatte, über ihre Erfolge mit Heilkräutern, auch bei Krebskranken. Tonbandkassetten mit diesem Vortrag wurden vertrieben, die Gruberin erstand eine. Ihr Mann hörte sich die Kassette immer wieder an, faßte neue Hoffnung, beschloß, nach der Chemotherapie sofort mit einer Heilkräutertherapie zu beginnen. Auch eine hektographierte Mappe von Maria Treben mit dem Titel »Gesundheit aus der Apotheke Gottes. Ratschläge und Erfahrungen mit Heilkräutern« wurde im Waldviertel verkauft. Darin waren mehrere Beispiele angeführt, wie hoffnungslos Kranke, denen die Ärzte keine Chance mehr gaben, schließlich wieder gesund wurden. Frau Treben beschrieb, wie sie Verkrüppelungen, Schwerhörigkeiten, Nierenkoliken, Lähmungen, Lebertumore, Darmkrebs, Lungenkrebs und viele andere Krankheiten erfolgreich mit Heilkräutern behandelt habe.

Der religiöse Grundton des Vortrags und dieser Schrift, die damals schon in einer Million Exemplaren verbreitet war, erweckte das Vertrauen der Gruberin, aber auch ihres Mannes, der in den letzten Wochen immer stärker der Marienverehrung zugeneigt war. In der Einleitung zu ihrer Kräutermappe beschrieb Maria Treben, wie sie zu ihrer Heilkräutererfahrung kam: Zeitweise hatte ich das Gefühl, als ob mich eine höhere Macht lenken und vor allem Maria, die Hilfe der Kranken, mir den sicheren Weg weisen würde. Das Vertrauen zu Maria, unserer Himmelsmutter, die Verehrung und das Gebet vor einem ehrwürdigen Marienbild, das auf eigenartige Weise in meinen

Besitz gekommen ist, hat noch jedesmal in Zweifelsfällen bei der Suche nach den richtigen Heilkräutern geholfen.

Für Gruber war Treben damals die letzte Hoffnung, auf die er sich um so lieber stützte, als er sich damit gleichzeitig der Mutter Gottes anvertraute.

Als man Gruber im Februar 1977 vom Krankenhaus in häusliche Pflege entließ, wurde er angehalten, regelmäßig die Endoxan-Tabletten einzunehmen. Gruber kannte diese Tabletten und ließ sich daher von der für den Laien nichtssagenden Beschreibung nicht täuschen, denn er hatte sie auf dem Nachtkästchen vom Strasser gesehen, der einige Jahre zuvor im Krankenhaus an Krebs gestorben war, und er erinnerte sich, daß dies auch die letzten Tabletten der alten Weissingerin waren, die Drüsenkrebs gehabt hatte. Die schreiben da schon nichts rein, damit man nichts erfährt, sagte Gruber, die wollen einen blöd halten. Den Brief, den Gruber vom Krankenhaus für den Hausarzt mitbekommen hatte, öffnete er über Wasserdampf. Die entscheidenden Ausdrücke waren abgekürzt, doch konnte Gruber mit seinem Doktorbuch die Wörter rekonstruieren und übersetzen. Er wußte nun, daß in Krems ein Dickdarmkarzinom und Lebermetastasen diagnostiziert worden waren, wußte es, machte aber kein großes Aufsehen davon. Nur zu seiner Frau sprach er darüber, ließ sich von ihren Beschwichtigungen scheinbar beruhigen.

Als Gruber Stuhlschwierigkeiten bekam, auch Abführmittel nichts halfen, beschloß er, nach Grieskirchen zu Maria Treben zu fahren. Sie wohnte in einer schönen Villa, deren elegant eingerichtetes Wohnzimmer auf Gruber und seine Frau unbetretbar wirkte, so daß sie mehrmals aufgefordert werden mußten, in der Sitzgarnitur Platz zu nehmen. Gruber erzählte alles, was er von seiner Krankheit wußte. Frau Treben schrieb ihm verschiedene Teesorten auf, die er einnehmen sollte, sagte ihm, wo er die Schwedenkräuter besorgen könne, wie sie anzusetzen seien. Einen Zettel gab sie ihm mit, auf dem die Schwedenkräuter als Mittel gegen so ziemlich alle Krankheiten angepriesen wurden. Vor allem aber, sagte sie, wenn Sie gesund werden wollen, ist es unbedingt notwendig, daß Sie keine chemischen Medikamente nehmen, sonst nützen die Heilkräuter nichts. Hören Sie also sofort auf mit den Endoxan.

Gruber war glücklich beim Heimfahren, er würde wieder gesund werden. Nach ein paar Kilometern Fahrt durch einen Wald grub seine Frau mit einem Taschenmesser Brennesselwurzeln aus, da im Waldviertel noch Schnee lag.

Sollte Gruber nun mit den Medikamenten aufhören, nur mehr Heilkräuter nehmen? Zu Hause angekommen, war er sich der Sache nicht mehr so sicher. Zu schön hatte die Rede der Treben geklungen, und warum war ihm das bisher nicht zu Ohren gekommen, solche Erfolge bei der Krebsbekämpfung müßten doch bekannt werden. Er schickte seine Frau nach Großgerungs, sie solle dort mit dem Hausarzt reden.

Wie wäre es, Herr Doktor, sagte die Gruberin zum Hausarzt, wenn wir mit dem Endoxan aufhörten und ich den Mann mit Heilkräutern pflegen würde?

Frau Gruber, wollen Sie Ihren Mann umbringen?

Natürlich nicht, aber in Vitis zum Beispiel soll eine Frau, die Krebs gehabt hat, nun schon sechs Jahre durch Heilkräuter leben.

Glauben Sie nicht, was da geredet wird, da bräuchten wir ja keinen Arzt mehr. Mit dem Endoxan noch ein halbes Jahr, die Haare werden ihm noch ausgehen, aber Hilfe gibt es hier keine mehr.

Die Gruberin fuhr per Autostopp von Großgerungs heim. Sie ging zunächst in den Holzschuppen, dachte nach, was sie ihrem Mann erzählen sollte, der schon wartete. Langsam gehe es aufwärts, berichtete sie ihm, er müsse nur Geduld haben, es bestünden jedoch gute Hoffnungen.

Gruber schaute verlegen, fragte dann sofort, und die Tabletten, soll ich die nun weiternehmen.

Da blieb der Gruberin nichts anderes übrig, als zu sagen, ja, die sollst du schon weiternehmen, sagt er, er hält nicht viel von Heilkräutern.

In den nächsten Tagen ging es Gruber sehr schlecht. Ständig schmerzte der Bauch, Schlaf konnte er kaum finden, erreichte trotz Abführmittel keinen Durchgang. Da beschloß er, mit den Heilkräutern anzufangen, so wie es die Treben aufgeschrieben hatte, und mit dem Endoxan aufzuhören. Die Gruberin unterstützte ihren Mann bei dieser Entscheidung, denn Frau Treben hatte auf sie Eindruck gemacht. Ab sofort trank Gruber den ganzen Tag über schluckweise die verschiedensten Teesorten, rieb sich immer wieder mit Schwedenkräutern ein, was die Haut gelblich färbte.

Nach wenigen Tagen schon konnte Gruber, ohne ein Abführmittel zu nehmen, normals aufs Klo gehen, die Schmerzen gingen zurück. Es sah nach einem neuen Treben-Wunder aus. Zu dieser Zeit war in der Zeitung eine Serie über Heilkräuter und Heilpraktiker abgedruckt. Franzonkel schnitt den Artikel über einen Arzt aus, der behauptete, mit Kräutern schon Krebs geheilt zu haben. Das Bild vor Augen, rief Gruber, das ist ja der, bei dem ich damals in Salzburg war. Er erinnerte sich nun, daß der schon vor sieben Jahren zu ihm gesagt hatte, er habe Krebs.

Gruber rief in Salzburg an, machte einen Termin aus.

Hingebracht wurde er von Franzonkel. Der Heilpraktiker sah Gruber in die Augen, wiederholte gleich seine Diagnose, du hast Krebs, drückte ihm den Bauch ab. Du mußt ab sofort Diät halten, hat dir das niemand gesagt? Kein Fleisch, nichts Blähendes, hauptsächlich Gemüse, nur Schwarzbrot, aber altbackenes, auch alte Semmeln. Keinen Tropfen Alkohol. Er war mit der von Treben zusammengestellten Teemischung einverstanden, zusätzlich verordnete er aber Leinsamenumschläge auf den Bauch, Tag und Nacht, die sollen immer warm sein, am besten dick aufpolstern, damit die Wärme länger anhält, beim Auskühlen sofort erneuern. Vor allem aber, liegenbleiben. Jetzt einmal vierzehn Tage liegen und dann wiederkommen. Ein Fläschchen homöopathische Tropfen gab er Gruber noch mit, die nur für vierzehn Tage reichten, wie schon damals die Tropfen vor sieben Jahren. Diese zwei Wochen hielt sich Gruber an die Anweisung des Heilpraktikers. Als er dann wiederkam, war er sehr zufrieden mit seinem Patienten. Er solle so weitermachen, liegenbleiben, so wenig wie möglich aufstehen, schon gar nicht arbeiten.

Gruber fühlte sich immer besser. Er blieb bald die meiste Zeit auf, legte sich nur zeitweise hin, um auszuruhen. Regelmäßig fuhr er mit dem Auto zu seinen Sitzungen nach Großgerungs, die Leute sagten zu ihm, ach, das ist gar nicht wahr, daß du Krebs hast, man sieht dir ja gar nichts an, du hast dich wunderbar erholt von der Operation.

Die Frauen aus der Nachbarschaft wischen das Wasser auf, das der geplatzte Schlauch in der Wohnung hinterlassen hat. Die Etzener Feuerwehr kann den Brand bei der vorderen Feuermauer abwehren, die örtliche Feuerwehr kann den Stall retten, über dem aus dem Heustock heraus immer wieder Feuer aufflammt.

Als man Gruber mitteilt, daß das Wohngebäude stehenbleiben wird, ist er sichtlich erleichtert. Er will sofort heimgebracht werden.

Die Gruberin sagt zu drei Männern, sie sollen ihren Mann wieder zurücktragen. Sie holen ihn und tragen ihn wie einen Sack fort. Gruber will, daß sie ihn ein Stück nach hinten bringen, damit er besseren Überblick über das Ausmaß der Verwüstungen hat. Sie gehen beim Gemüsegarten vorbei, von wo aus man die Rückseite des Hofes sehen kann, da winkt Gruber ab, bringt mich wieder hinein, er ist sich schon im klaren darüber, daß drei Viertel des Hofes abgebrannt sind. Er läßt sich in das Schlafzimmer hineinheben, das entsetzlich nach Rauch stinkt.

Gruber wollte nicht im Bett bleiben. Er ertrug es nicht, wenn draußen die Traktoren vorbeifuhren, die Nachbarn sich anschickten, die Felder dieses Frühjahr erneut zu bearbeiten, ob die letzte Ernte nun schlecht war oder gut. Da stand er auf, um, wie er sagte, Kleinigkeiten zu verrichten, das schaffe ich schon, da überanstrenge ich mich nicht. Zu dieser Zeit war Karl mit einem Zureicher, den er sich aufgenommen hatte, dabei, das Betonfundament für den Vorsilo neben dem Stall herauszuschalen. Gruber, der solche Arbeiten gut auszuführen verstand, konnte nicht zuschauen, er mußte mithelfen, und die alte Rivalität zwischen Vater und Sohn begann von neuem.

Karl sah seine Pläne, die er mit dem Zureicher abgesprochen hatte, durchkreuzt, sein Vater hingegen meinte, das ließe sich alles viel besser machen, billiger und einfacher, Karl verweigerte ihm jedoch seine Hilfe, setzte die Arbeit auf seine Art fort. Da geriet Gruber in Wut, schnappte selbst die Motorsäge, startete sie energisch mit dem Riemen, schnitt Bretter zurecht, Pfosten, Latten, nagelte zusammen, schlug Stützen in den Boden hinein, unabhängig von den beiden anderen, die in ihrer Arbeit ebenfalls fortfuhren.

Jede halbe Stunde etwa kam die Gruberin mit der Thermosflasche heraus, um ihrem Mann Tee zu geben, alle zwei Stunden ging Gruber hinein, um einen neuen Bauchwickel zu bekommen. Dabei beschwerte er sich bei seiner Frau über Karl, ging hinaus und arbeitete weiter.

Gelegentlich schimpfte er hinüber, fluchte über Karls Verhalten, der aber blieb hartnäckig. Er hatte geschworen, sich möglichst wenig dreinreden zu lassen. Wenn er schon zurückkommen mußte auf die Wirtschaft, dann wollte er auch selbst wirtschaften und nicht den Knecht spielen.

Die Folge von Grubers Auftritt blieb nicht aus. Die nächsten Tage ging es ihm schlechter, er mußte die meiste Zeit im Bett bleiben. Doch dauerte es nicht lange, dann fuhr er wieder zu seinen Sitzungen, erledigte mit dem Auto alle Einkäufe, brachte die Jause aufs Feld nach. Zwar verrichtete er keine schweren Arbeiten, aber er war doch den ganzen Tag unterwegs. Seine Tees hatte er immer griffbereit. Die Gemeinderäte, Feuerwehrleute, Molkereigenossenschaftler, Lagerhausgenossenschaftler gewöhnten sich bald daran, daß Gruber bei den Sitzungen immer Thermosflaschen vor sich stehen hatte, aus denen er abwechselnd trank.

Da kam die Hektik des Sommers. Überall wollte Gruber mit anfassen, alles ging ihm zu langsam, mit Karls wirtschaftlicher Planung konnte er sich wieder nicht abfinden, obgleich er sehen mußte, daß der Bub aus vollen Kräften arbeitete, sich die ganze Woche nichts gönnte. Gruber wollte wieder mehr eingreifen.

Eines Tages saß er auf dem Traktor und begann, mit der am Heck angespannten Heuraupe das Heu zusammenzurechen. Man konnte ihn nicht abbringen davon, nein, das richte ich schon, ich fahre schön langsam, das geht schon, fahre ja mit dem Auto auch immer. Als ein Traktorrad in eines der vielen durch das verstreute Heu verdeckten Löcher hineinplumpste, gab es Gruber einen Stich im Bauch. Er mußte absteigen, konnte nur mehr langsam nach Hause gehen.

Nun ging es ihm wieder eine Zeitlang schlechter, er blieb im Bett. Im Herbst aber, beim Kartoffelernten, saß er tagelang auf dem Traktor. Das geht eh so langsam, das macht mir nichts. Hinten am Vollernter fünf Leute, außer Karl und Mutter drei Nachbarn, vorne am Traktor Gruber, der während der ganzen Kartoffelernte fuhr. Beim Umkippen der Kartoffeln auf den Anhänger kramte er zwischendurch in einer Reisetasche mit Thermosflaschen. Seine Heilkräutertherapie hielt er streng ein, auch seine Diät. Zur Jause mochte es noch so gutes Geselchtes geben mit Brot und Most, Gruber griff nicht danach, höchstens ein ganz kleines Fuzerl, sagte er, nur damit ich den Geschmack spüre, und er nahm auch nicht mehr.

Nach der Kartoffelernte ging es Gruber wieder schlechter, da bekam er Angst, daß es nie wieder besser würde.

Karl sah sein Leben an Vaters Krankheit gebunden. Was ist, wenn der jetzt wirklich gesund wird? Dann stehe ich wieder da, nun schon vierundzwanzig Jahre alt und noch immer ohne Beruf. Das Haus wird er mir wieder nicht übergeben wollen, weil er noch zu jung ist und die Geschwister zu klein. Stehe ich also wieder da. Andererseits kann ich ihn jetzt nicht hängen lassen, ist ja niemand da für die Arbeit sonst.

Karl, der in der Voest immer so an die 8000 Schilling verdient, einen Kredit aufgenommen und sich damit ein neues Auto gekauft hatte, war plötzlich ohne Einkommen, wieder mit jedem Groschen vom Vater abhängig, bei der Kreditrückzahlung, der Autoversicherung, der Kfz-Steuer, am Wirtshaustisch.

Jeden Samstag gab es erneut den Kampf um das Geld. Daß Karl am Wochenende ständig in Gasthäusern unterwegs war, sahen die Leute, Onkel und Tanten, die Gruber öffentlich wegen seines Sohnes bedauerten, für Karls Situation hatten sie jedoch kein Verständnis. Karl stand da als rücksichtsloser Säufer, der des Vaters Geld verpraßt. Nur einmal konnte die Gruberin ihren Mann dazu bewegen, Karl gleich mehr Geld zu überlassen, die Hälfte seines einstigen Monatsverdienstes in der Voest, er soll es sich einteilen, jetzt kriegt er halt länger nichts, wodurch an sechs Wochenenden Ruhe war, dann ging der Streit wieder von vorne los.

All das trug dazu bei, daß Karl, der sich natürlich wieder Hoffnungen auf die Wirtschaft machte, in ständiger Angst lebte, immer gereizter wurde, hektischer, aufbrausend nun auch gegenüber seiner Mutter. Er arbeitete viel, alles aber mit einer fiebrigen Eile, ständig ungeduldig und so gereizt, daß die Gruberin immer schwerer ein Auskommen mit ihm fand und er sich mit seinem Vater ganz auseinanderlebte.

Um fünf Uhr morgens läutet in seiner Wiener Wohnung das Telefon. Michael torkelt aus dem Schlafzimmer durch die Küche in das Wohnzimmer und hebt ab. Mutter heult unentwegt, kann sich nicht beruhigen.

Was ist denn los, fragt Michael, in Erwartung, daß nun Vater gestorben ist.

Wir sind abgebrannt.

Was?

Abgebrannt sind wir, o mein Gott, abgebrannt.

Michael fährt sofort los. Zwei Stunden später kommt er in seinem Heimatort an. Von weitem sieht er die Rauchsäule, riecht er die verbrannte Luft.

Die Feuerwehrleute sind bemüht, die immer wieder aufflackernden Flammen zu löschen. Dreiviertel des Hauses ein schwarzes Gerippe, das da und dort einstürzt und dabei wieder zu brennen beginnt. Die ganze Hinterseite des Hofes, ehemals von der Scheune gebildet, niedergebrannt, verkohlte Heu- und Strohhaufen dampfen schwarz in die Höhe, die verbrannten Reste der Dachkonstruktion hängen herum, in den Nischen der Verstrebungen liegen vereinzelt Ziegel, die noch nicht herabfallen konnten, die Schiene der Greiferanlage windet sich vom Giebelbalken herab, auf dem noch ein paar Dachreiter sitzen, der eigentliche Greiferteil hängt in der Luft, er wird vom Windwerk irgendwie noch über ein Drahtseil festgehalten, droht jeden Augenblick herabzufallen; in der ehemaligen Toreinfahrt liegt im glühenden Heustock unter herabgestürzten Balken der Eisenrest des Traktors, wie eine plattgedrückte Ente lugt er heraus, verkohlt, von den herabgestürzten Trümmern völlig verbeult, ohne Bereifung, ohne Lenkrad, ohne Sitz, ohne Schläuche, ohne Glas, das durch die verschmolzene Leitung herausgeflossene Dieselöl hatte den Flammen zusätzliche Nahrung gegeben. Die Reste der beiden Starkstrommotoren, der Futterschneidmaschine, der Schrotmühle, der Dreschmaschine, der Körnerschnecke, des Anhängers, der auf der Tenne stand, sind noch nicht sichtbar.

Von der linken Seite des Hauses steht nur mehr der aus Beton errichtete Kartoffelkeller, durch dessen löchrig verbrannte Türe geröstete Kartoffeln herauspurzeln. Die Vorderseite des Hauses besteht noch aus Grundmauern, zwischen denen unter glühenden und rauchenden Balken Maschinen und das völlig ausgebrannte Auto liegen.

Auf etwa vier Metern Dachboden, die angrenzend an das Wohngebäude erhalten blieben, stehen ausgebrannte Kleiderschränke mit halben Mänteln, versengten Hemden, Blusen und verkohlten Pullovern. Die Gruberin hat dort die Winterkleidung aufbewahrt.

Die rechte Seite des Hofes, das Wohngebäude mit angrenzendem Stall, ist stehengeblieben. Michael steigt zum Schlafzimmerfenster hinein, sinkt seinem bleichen Vater in die Arme.

Nach der Kartoffelernte im Herbst 1977 wollte es nicht so schnell aufwärts gehen wie davor. Gruber hatte immer wieder Schmerzen, lag viel im Bett. Lag auf dem Rücken, sah hinauf zur Decke, unregelmäßig mit Rissen, an manchen Stellen blätterte Kalk ab, immer diese Decke, immer muß ich mir diese häßliche Decke anschauen.

Jeden Tag wollte Gruber aufstehen, als ob nichts wäre, und jeden Tag hielt er es nur einige Stunden aus, dann trieben ihn die Schmerzen zurück. Nachmittags oder abends unternahm er den nächsten Versuch, blieb wieder einige Stunden auf, aber es wollte nicht mehr richtig gut werden.

Im neuen Stall, dessen Gebäude schon ein Jahr stand, dessen Schacht für die Schwemmentmistung eben von Karl und Franzonkel herausbetoniert und mit einem Betongitter abgedeckt wurde, fehlte noch die Einrichtung. Gruber hatte plötzlich Angst, daß das nicht mehr rechtzeitig fertig wird, daß er stirbt und die anderen dann nicht wissen, wie sie das machen sollen, da er den Plan entworfen hat. Unbedingt wollte er den fertigen Stall noch erleben, der eine neue Einnahmequelle war. Von Tag zu Tag wurde Gruber nervöser.

Eines Nachts wachte die Gruberin auf, da war ihr Mann verschwunden. Verzweifelt rannte sie in der Wohnung herum, dann im Stall, fand ihn aber nicht. Sie erinnerte sich, daß er vor Jahren einmal gesagt hatte, wenn er wüßte, daß er Krebs habe, würde er mit dem Auto an einen Baum fahren, das würde er nicht mitmachen wollen. Die Gruberin wagte es nicht, zur Garage hinauszugehen, auf dem Dachboden nachzusehen. Ängstlich schaute sie aus dem Schlafzimmerfenster, betete, wartete. Da kam Gruber zurück. Er war zur Amon-Buche gegangen, einem Naturdenkmal mit Wegkreuz, etwa einen Kilometer Richtung Großgerungs. Mich hat es hinausgetrieben, ich habe es nicht mehr ausgehalten vor Angst, daß der Stall nicht fertig wird. Ich werde sterben, und ihr werdet dastehen mit nichts.

Gruber begann zu heulen. Die Gruberin nahm seinen Kopf in ihren Schoß, strich ihm durchs Haar, tröstete ihn, so gut sie es vermochte. Weib, sagte Gruber, wenn ich noch einmal anfangen könnte mit dir, wie anders würden wir alles machen. Dann sagte er, nein, ich gebe nicht nach, ich werde mich wehren bis zum Schluß.

Am nächsten Tag war Gruber bei einer Feier. Die Feuerwehr gratulierte der Spritzenpatin zum 40. Geburtstag und überreichte ihr einen Geschenkkorb. Gruber ging bald weg. Seit er nichts trinken und nichts von den üblichen Speisen essen durfte, hielt es ihn nie lange bei solchen Feiern, auch wenn er sie selbst organisiert hatte.

Als Gruber heimkam, war seine Frau schon schlafen gegangen.

Jetzt sag mir einmal, wie war das eigentlich damals, als ich nach Krems kam. Das mußt du mir jetzt alles genau erzählen.

Wieso, hat jemand was gesagt?

Nein, einfach so, ich möchte das jetzt genau wissen.

Die Gruberin wehrte sich, aber ihr Mann gab nicht nach. So erzählte sie alles, wie sie vom Arzt erfahren hatten, daß er Krebs hat, die ganze Verzweiflung. Am Schluß lagen sie weinend einander in den Armen.

Die Feuerwehrleute beginnen das verkohlte Holzgerippe abzureißen. Einer steht mit dem Strahlrohr bereit, er spritzt, sobald irgendwo das Feuer neu aufflammt. Andere turnen sich in die Höhe, schneiden mit Motorsägen die tragenden Balken ab, bis alles in die Tiefe stürzt. Die Trümmer werden an Ketten mit Traktoren fortgeschleppt hinaus zum Krugacker, wo sie auf einen Haufen zusammengeworfen werden und erneut zu brennen beginnen. Mit Gabeln schaufeln die Feuerwehrmänner das nasse Heu auf einen Eisenkipper, der es neben den Balken abkippt. Die Männer arbeiten sich tiefer in den Heustock hinein, wo sie auf einen Glutherd stoßen, der sich mit einer hohen Stichflamme sofort neu entzündet, als Luft dazukommt. Erneut muß der Maschinist die Pumpe ankurbeln und Hähne aufdrehen.

Franz schleppt vom Wirtshaus inzwischen kistenweise Bier herbei, verteilt es unter die Feuerwehrleute, muß immer wieder neue Kisten holen, kauft auch einige Doppelliter Wein, ein paar Stangen Wurst, Braunschweiger, Extra und Wiener, läßt alles von der Wirtin aufschreiben, weil längst nicht so viel Geld im Haus ist.

Die Gruberin schneidet die Wurst auf, macht Topfenkäse, kocht Gulasch, um die vielen Männer abspeisen zu können, die sich in Gruppen zusammenstellen und ihre Branderlebnisse schildern.

Ein Mann von der Kriminalpolizei kommt und forscht nach den Ursachen des Brandes. Die Reste des Traktors, des Autos, der Steckdosen untersucht er genau, um Indizien für eine Selbstentzündung zu finden, findet aber keine. Er verhört lange den Nachbarn, einen Wiener, der hier ein Wochenendhaus besitzt, der den Brand als erster gesehen und die Sirene gedrückt hat. Danach verhört er den ganzen Tag über noch andere Personen des Dorfes, fragt nach Feinden und Zwistigkeiten, nach der Qualität der eingebrachten Heuernte.

Gruber hat plötzlich das Bedürfnis zu sehen, was übriggeblieben ist. Mit einer Hand in Michaels Arm eingehängt, mit der anderen auf den Stock gestützt, geht er langsam in den Stall hinaus, wo er befriedigt feststellt, daß die warme Betondecke in der Mitte mit einem Kantholz abgestützt ist, wird aber plötzlich zu schwach, kann nicht einmal mehr zur Tür auf die Brandstätte hinausschauen, sondern muß sich auf den Melkschemel setzen, Michael muß Mutter zu Hilfe rufen, die ihm beim Hineintragen des Vaters hilft. Am Abend ist noch immer nicht der ganze Heustock heruntergegabelt. Eine Brandwache ist die Nacht über beschäftigt, neu aufflammende Feuerstellen zu löschen.

Eines Morgens im Herbst 1977, die Gruberin war eben aus dem Stall gekommen, um die Kinder zu wecken, rief die Großgerungser Gendarmerie an. Bei Allentsteig liege am Straßenrand ein Unfallwagen, in dessen Handschuhfach man Grubers Adresse gefunden habe. Wo haben Sie Ihr Auto?

Unser Auto steht draußen, vor dem Tor.

Dann sehen Sie nach!

Die Gruberin lief durch die Einfahrt hinaus vor das Haus, schaute in alle Richtungen, aber da stand kein Auto.

In der Nacht war ein Mann beobachtet worden, wie er von einem qualmenden, neben einer eingedrückten Gartenmauer am Straßengraben hängenden Auto die Kennzeichen abschraubte. Der Beobachter, ein betrunkener Spätheimkehrer, suchte in aller Früh das Auto noch einmal auf und verständigte dann die Gendarmerie. Er meinte, einen der berüchtigten Nemez-Brüder erkannt zu haben, war sich allerdings nicht ganz sicher.

Die Nemez lebten in einem Haus, das früher im Besitz der Familie Petrik war. Die Petriks waren von den Nazis deportiert worden. Man hat nie wieder etwas von ihnen gehört. Nach dem Krieg kamen Verwandte der Petriks, die Nemez, man wußte nicht recht, woher. Aus dem Ungarischen, sagten die einen, aus dem Siebenbürgischen, die anderen. Sie waren in großer Zahl gekommen. Viel zu viele, um von der kleinen Landwirtschaft leben zu können. Die Nachbarn, die die billig erworbenen Grundstücke zurückgeben mußten, waren von Anfang an mit ihnen verfeindet. Bald das ganze Dorf, bald auch alle umliegenden Dörfer. Wenn man einen Schuldigen brauchte, dachte man zuerst an die Nemez. Niemand wußte genau, wie viele sie waren. Es gab von jedem Alter mindestens zehn, und einige sahen sich ähnlich. Die Leute sagten abschätzig, die Nemez-Kram.

Gruber fuhr mit Karl nach Allentsteig, um das Auto zu holen. Es funktionierte jedoch nicht mehr. Die Vorderachse war gebrochen, die Karosserie eingedrückt. Das Auto mußte von einem Kranwagen abgeschleppt werden. Dann stand es einige Wochen herum, weil der Schaden durch die normale Haftpflichtversicherung nicht gedeckt war. Später ließ Gruber den Wagen im Pfusch reparieren. Er zahlte 15 000 Schilling dafür.

Die Gendarmen hatten inzwischen bei den Nemez eine Hausdurchsuchung durchgeführt. Unter Bergen von Schrott und Lumpen fanden sie tatsächlich Grubers Autokennzeichen. Bei der Gerichtsverhandlung erzählte der Angeklagte, das Auto sei nicht abgesperrt gewesen und der Schlüssel habe im Zündschloß gesteckt. Na und, sagte Gruber, das habe ich immer so gehalten.

Peter Nemez wurde vom Großgerungser Bezirksgericht verurteilt, den Schaden zu ersetzen, was dieser, nach Absprache mit den vielen anwesenden Verwandten, bis Weihnachten zu tun versprach. Gruber wurde aufgefordert, in Hinkunft sein Auto abzuschließen und den Schlüssel zu verwahren.

Daheim sagte Gruber, die ganze Nemez-Sippschaft ist dort gesessen, da habe ich es fast mit der Angst zu tun gekriegt.

Es kam Weihnachten und es kam das Frühjahr, Geld kam keines von den Nemez. Als die Wirtin Gruber erzählte, Peter Nemez arbeite jetzt beim Gasleitungsbau, stellte Gruber bei Gericht den Antrag auf Lohnpfändung.

Tu das nicht, sagte die Gruberin, wer weiß, was uns die noch anschauen lassen – wenn du nicht mehr bist, dachte sie.

Willst du dir alles gefallen lassen?

Gruber bekam einmal 750 Schilling überwiesen, dann war Peter Nemez wieder arbeitslos. Als im Sommer 1978, Gruber war inzwischen bettlägerig, der Mähbalken gestohlen wurde, gab Karl bei der Gendarmerie als möglichen Täter Peter Nemez an, ohne irgendwelche Hinweise zu haben. Wieder gab es eine Hausdurchsuchung, diesmal aber war sie ergebnislos. Die Nemez-Verwandtschaft war aufgebracht. Die Gendarmen erzählten, wer sie beschuldigt hatte.

Wir kommen noch einmal abrechnen, sagte später einmal Peter Nemez im Wirtshaus zu Karl.

Du glaubst, die wollen wirklich zahlen, fragte die Gruberin.

Ach, sei nicht so blöd, anders hat er das gemeint.

Das Wohnzimmer sah zeitweise aus wie die Ordination eines Heilpraktikers. Das ganze Jahr über kamen Leute auf Besuch, die gehört hatten, daß Gruber durch Kräuter vom Krebs geheilt worden sei. Die einen hatten Lungenkrebs, die anderen Leberkrebs, wieder andere Darmkrebs, Drüsenkrebs, Hautkrebs, Gebärmutterkrebs.

Gruber hatte sich ein umfassendes Buch über Heilkräuter besorgt, in dem er die Bestätigung fand, daß er die richtigen Kräuter anwandte; es half ihm auch, den Leuten mit Ratschlägen zu dienen. Er packte aus Schachteln Kräuter aus, die seine Frau für ihn gesammelt hatte, und zeigte sie den Ratsuchenden, denen sie vielfach unbekannt waren, obwohl sie in der Gegend wuchsen, gab auch gelegentlich Proben mit. Gruber brachte es bald zu einer genauen Kenntnis der Heilwirkung der einzelnen Pflanzen. Auf Zetteln schrieb er den Leuten auf, was sie zu sich nehmen sollten, verordnete ihnen Bettruhe und empfahl ihnen, so schnell wie möglich zum Heilpraktiker nach Salzburg zu fahren.

Ein Ingenieur der Firma Donauchemie kam und fragte um Rat. Seine siebenunddreißigjährige Frau litt an Darmkrebs, so wie Gruber. Gruber schrieb ihm genau auf, was er selbst alles zu sich nahm. Später telefonierten sie noch manchmal. Als er länger von sich nichts hören ließ, rief die Gruberin den Ingenieur an, mit gedämpfter Stimme, damit es ihr Mann nicht hörte, der im Schlafzimmer lag und Besuch hatte, fragte, wie es der Frau gehe.

Die liegt schon einen Monat unter der Erde.

Noch im Frühjahr 1978, als Gruber schon die meiste Zeit im Bett verbrachte, wurde er von Maria Treben bei ihrem Vortrag im Exerzitienwerk von Stift Zwettl als einer jener Krebspatienten vorgestellt, der, von den Ärzten schon aufgegeben, nunmehr durch Heilkräuter schon fast völlig gesund geworden sei. Gruber mußte daraufhin viele Fragen beantworten und stundenlang in Kassettenrekorder hineinsprechen.

Die Gruberin sieht in der Früh durch das Waschküchenfenster zum Gasthof hinauf, zum Schmied hinüber, das Nachbarhaus der Wiener steht direkt vor ihr. Vorgestern noch hat sie von hier aus nur den Hof gesehen, die Scheune rechts oben, den Kartoffelkeller vis à vis, die Einfahrt und einen Maschinenschuppen links unten, sonst nichts. Die Gruberin versorgt die Feuerwehrleute, die Nachtwache gehalten haben, mit einem Frühstück, da kommen schon Traktoren angefahren, Frontlader vorne darauf, hinten an der hydraulischen Hebevorrichtung Betongewichte, die das Gleichgewicht halten, wenn die Erdschaufeln in den Schutthaufen hineinbaggern und ihn auf Anhänger verladen. Von der Stalldecke wird das restliche Heu heruntergegabelt. Dazwischen laufen nervös die Hühner herum.

Der Großgerungser Baumeister marschiert auf, geht zu Gruber hinein und beginnt mit ihm den Wiederaufbau zu planen. Er trifft Gruber nicht unvorbereitet, denn der hat sich in der Nacht schon ein grobes Konzept zurechtgelegt, mit seiner Frau konnte er darüber noch nicht sprechen. Nach zwei Stunden kommt der Baumeister wieder heraus und beginnt das Gelände gründlich zu vermessen.

Gruber braucht jetzt dringend einen neuen Umschlag, auch auf die Brust, da die Schmerzen in der Lunge immer stärker werden. Dann läßt er Franz zu sich kommen. Er muß mit ihm die Pläne durchsprechen.

Weib, du mußt heute für mindestens vier Personen gutes Essen kochen, weil Leute von der Versicherung kommen. Wenn sie da sind, setzt du ihnen am besten gleich einen anständigen Braten vor, dazu Wein und Bier, schleppst mich dann ins Wohnzimmer, aber wundere dich nicht, wenn ich kaum gehen kann, sorgst dafür, daß wir ungestört sind. Davon hängt es ab, ob ihr weitermachen könnt oder nicht.

Das Haus war unterversichert. Gruber hofft, daß bei geschickter Verhandlungstaktik wenigstens zwei Drittel des Schadens von der Versicherung bezahlt werden. Damit könnte man die Scheune aufbauen, einen gebrauchten Traktor und die nötigsten Maschinen neu anschaffen, vielleicht bliebe dann auch noch ein Teil für den Rohbau des vorderen Traktes übrig. So könnte man schon weiterwirtschaften, den Rest gelte es halt dann Jahr für Jahr abzusparen.

Grubers Rechnung geht auf.

Gruber hielt viele Reden. Die Dorfleute waren begeistert. Viel besser als der Pfarrer, sagten manche. Beim Tod eines Feuerwehrmannes hielt Gruber immer am Grab einen Nachruf, auch in den Jahren 1977 und 1978, als er sein eigenes Ende schon vor sich sah. Besonders die Rede, die Gruber am Florianitag vor dem Kriegerdenkmal hielt, beeindruckte. Frauen begannen zu flennen, nach der Feier schmeichelten sie der Gruberin, schön hat er heute wieder geredet, so schön, ich kann es ja noch immer nicht glauben, daß er, dieser fesche Mann, hat so schön geredet und soll nun selbst. Da konnte sich auch die Gruberin nicht mehr zurückhalten. Gruber ließ die Feuerwehrmänner im Gleichschritt vom Kirchenplatz abmarschieren.

Zu Weihnachten 1977 ging es Gruber schlecht. Er lag die meiste Zeit im Bett, hatte Schmerzen. Wieder war es Franzonkel, der einen Zeitungsartikel brachte, diesmal über die Homöopathen und ihre Art, Krebs zu bekämpfen. Es gelang, die Adresse von zwei Homöopathen aufzutreiben, die beide in Wien wohnten. Gruber raffte sich auf, fuhr mit dem Zug nach Wien. Der eine verordnete Mistelinjektionen, die sich Gruber von nun an jeden zweiten Tag von Marianne geben ließ, der andere schickte regelmäßig Tropfen. Gruber hatte kurzfristig das Gefühl, daß es wieder aufwärts gehe. Er war nicht mehr so bettlägerig wie zu Weihnachten.

Im Frühjahr fuhr er wieder zum Heilpraktiker nach Salzburg. Der fauchte ihn an, ja mein Lieber, wenn du nicht tust, was ich dir sage, wenn du nicht im Bett bleibst, mußt du dir einen Sarg anschaffen.

Damals begleitete Gruber ein Einundzwanzigjähriger aus Rottenbach, der Drüsenkrebs hatte und gekommen war, um Gruber um Rat zu fragen. Ich muß sowieso nach Salzburg, da nehme ich dich mit.

Der Heilpraktiker machte dem jungen Mann jedoch keine Hoffnungen mehr. Der Neunundvierzigjährige und der Einundzwanzigjährige unterhielten sich während der ganzen Fahrt über ihr gemeinsames Leiden.

Gruber hatte sich beim Heilpraktiker die Erlaubnis ausgehandelt, gelegentlich in die Sauna gehen zu dürfen. Aber nicht zu heiß und nicht abrupt ins Kalte wechseln, am besten nur lauwarm duschen.

Mit Begeisterung nützte Gruber nun die Freikarte, die er als Gemeinderat jede Woche einmal für die Sauna von

Großgerungs hatte. Seine Thermosflaschen nahm er mit. Er traf dort Freunde, auch den Hausarzt, der sich bei Gruber immer sehr interessiert nach seinem Befinden erkundigte, sagen Sie, Herr Gruber, wie machen Sie das, was nehmen Sie jetzt eigentlich zu sich. Gruber erklärte ihm seine Heilkräutertherapie, ließ ihn von den Tees kosten.

Auch Sie werden noch einmal darauf zurückgreifen, wenn Sie von den Medikamenten im Stich gelassen werden.

Der Hausarzt wurde verlegen, er konnte es nicht fassen, daß seine äußerste Prognose hier so offenkundig überschritten wurde.

Es war ein alter Brauch im Dorf, jedes Jahr zum Kreuzstöckl zu pilgern, einer Kapelle in der Nähe von Arbesbach. Von Kindheit an, als sie die zehn Kilometer noch zu Fuß gingen, war Gruber dabei. Die letzten Jahre war er Vorbeter. In dieser Funktion mußte er auch nach dem Tod eines Dorfbewohners drei Abende lang die Totenwachen abhalten, bei denen der Rosenkranz gebetet wurde, der Engel des Herrn, Litaneien, dann bat Gruber im Namen der verschiedensten Angehörigen um Vaterunser für den Toten. Es wurde Gruber vielfach als Verdienst angerechnet, daß er die zwanzig Vaterunser seines Vorgängers auf etwa die Hälfte reduziert hatte. Nach den Gebeten wurde Wein serviert und Brot dazu gegessen, oft im selben Raum, in dem der Tote aufgebahrt lag, schon ganz naß von dem Weihwasser, das ihm die Wächter, vom Kind bis zur Großmutter, mit einer Kornähre ins Gesicht gespritzt hatten.

Für das Kreuzstöcklbeten gab es eigene Gebete und Lieder, die Gruber von seinem Vorgänger übernommen hatte. Das Kreuzstöckl hatte für Gruber und seine Frau insofern eine besondere Bedeutung, als sie einen Tag nach ihrer

Hochzeit am Fußmarsch dorthin teilnahmen, als Hoch-
zeitsreise.

In den Mai fiel der 25. Hochzeitstag der Gruberleute.
Die Feuerwehr lud sie vormittags zu einer Feier ins Gasthaus ein, bei der Weissinger eine Rede hielt und anschließend im Namen der ganzen Feuerwehr einen Geschenkkorb überreichte mit viel Eßwaren darinnen, die Gruber
nicht essen durfte, auch Weinflaschen dabei. Auf dem Tisch
vor den Jubilanten stand eine braune Torte, auf die ein wei-
ßer Fünfundzwanziger gespritzt war. Alle Feuerwehrmänner, jung und alt, waren anwesend. Nacheinander marschierten sie nun an Gruber und seiner Frau vorbei und
gratulierten, in einer Weise, als ob sie sich verabschiedeten,
nicht lachend, traurig oder verlegen. Am Nachmittag fuhren die Gruberleute nach Maria Zell. Diese Wallfahrt hatten sie schon längere Zeit für die Silberne Hochzeit geplant.
Es war mindestens die zehnte Mariazellfahrt, seit sie ein
Auto besaßen, aber die erste, bei der sie übernachteten.

Am nächsten Tag beteten sie die Kreuzwegstationen
hinauf; auf dem steilen Berg oben angekommen, war Gruber ganz gelb im Gesicht, er konnte sich kaum mehr auf
den Beinen halten, mußte schnellstens ins Bett gebracht
werden. Bis zum nächsten Mittag blieb er liegen, aber nicht
einmal den Gesundheitsschaden, den Gruber um ihretwil-
len in Kauf genommen hatte, wollte die Muttergottes gut-
machen.

Die Gruberin hatte die ganze Zeit, in der ihr Mann im
Steirerhof lag, in der Kirche vor dem Gnadenaltar verbracht. Nur zu den Essenszeiten und zum Schlafen kam sie
vorbei, bereitete am mitgebrachten Elektrokocher Kräu-
tertees, legte Gruber einen neuen Wickel um.

Die Heimfahrt fiel Gruber schwer.

Wer abbrennt, darf Holz betteln gehen. Jeder, der Wald besitzt, wird einen Baum schenken, wenn er darum gebeten wird, von selbst nicht. Die Gruberin teilt sich mit den Kindern die umliegenden Dörfer auf. Michael, der seit dem zehnten Lebensjahr von daheim fort ist, geht in Haselbach von Haus zu Haus. Er kennt kaum die Leute, sie kennen ihn nicht. Er versucht, möglichst bodenständigen Dialekt zu reden, um Vertrauen zu erwecken, stößt aber schon wegen seiner Haare, die bis zu den Ohrläppchen reichen, auf Vorsicht und Skepsis. Alle wissen zwar, daß der Gruber abgebrannt ist, glauben ihm aber nicht, daß er ein Gruber-Sohn ist, und warten darauf, daß er noch etwas anderes als einen Baum verlangt. Auch als dies nicht geschieht, rufen dennoch manche im Dorf an und fragen, ob der Gruber wirklich so einen Sohn habe.

Das letzte Mal hat Gruber den Wunsch, zur Haustür hinauszuschauen. Die Gruberin und Marianne stützen ihn.

Mein Gott, das Herz tut mir weh. Wie schön wäre es, könnte ich beim Aufbauen dabei sein.

Aber nicht einmal das Stehen hält Gruber mehr aus, trotz Stütze. Am Nachmittag liegt er auf dem Sofa im Wohnzimmer. Zur Jause erzählt er den Zimmerleuten Witze.

Einen Tag später will er weder zur Haustüre hinausschauen noch im Wohnzimmer liegen. Mehr schmerzstillende Tabletten verlangt er als sonst, der Lärm der Zimmerleute stört ihn.

Den neuen Stadl werde ich nicht mehr sehen, sagt er.

Es war Grubers Wunsch, zur Kur zu fahren, er wollte nichts unversucht lassen, außerdem hatte ihm die Sauna immer gutgetan.

Der Homöopath schlug Bad Gleichenberg vor, der Heilpraktiker sagte nichts dagegen. Wenn du die Heilkräuter mitnimmst und dich auf keine chemischen Medikamente einläßt, kannst du schon fahren, meinte er.

Die Gruberin unterrichtete ihren Mann genau im Zubereiten der Tees. Manche müssen nur überbrüht werden, dann läßt man sie fünf Minuten ziehen, nicht länger, sonst gewinnen unerwünschte Substanzen die Oberhand, auf keinen Fall kochen, sonst ist die Wirkung futsch, andere gilt es über Nacht kalt anzusetzen. Sie zeigte ihm auch, wie man den Leinsamenbrei anrührt. Was er benötigte, verstaute sie in Reisetaschen und Schachteln. Die homöopathischen Tropfen werde sie neu besorgen und gleich express nachschicken. Gruber brach am 1.Juni 1978 zeitig in der Früh in die Steiermark auf.

Die Gruberin wollte ihrem Mann eine Freude machen und während der drei Wochen, die er fort war, das Schlafzimmer neu ausmalen. Es kam aber nicht dazu, weil sie mit dem Heuen nicht fertig wurden. Das Wetter war zu schlecht. Die Gruberin nahm das hin, weil das Wetter der Herrgott schickt. Täglich lauschte sie im Radio dem Wetterbericht wie einer höheren Offenbarung. Karl war da anders. Er wurde bereits nach dem ersten Regenfall zornig, fluchte, was er konnte, begann beim zweiten Mal richtig zu toben, schlug mit Gegenständen um sich, war oft nicht ansprechbar.

Die Gruberin hatte ihre Qual mit Karl. Lieber wolle sie mit dem noch nicht sechzehnjährigen Franz arbeiten als mit so einem Spinner. Dieses Fluchen halte sie nicht aus, dieses tägliche Sündigen, der Franzi sei da ganz anders.

Mußt du denn jedes Wochenende fortgehen? Kannst du nicht einmal darauf verzichten?

Das ist das einzige, was ich mir nach einer Woche Arbeit

leiste. Gib mir das Geld, darauf will ich nicht verzichten, jetzt gib mir das Geld.

Es war nicht viel Geld da zum Ausgeben. Grubers Krankenhausaufenthalt in Krems hatte, auch wenn nie darüber gesprochen wurde, viel gekostet.

Franz war damals im zweiten Jahrgang der Landwirtschaftsschule. Als er im Juli in die Ferien nach Hause kam, beschloß Karl, auch mit Mutter nun zerstritten, erneut das Feld zu räumen. Der Fünfundzwanzigjährige ging wieder auf Arbeitssuche. In der Voest gab es jetzt einen Aufnahmestopp. Das Zwettler Arbeitsamt war ratlos wie immer. Da in erster Linie auf einen Posten als Lastwagenchauffeur Aussicht war, holte Karl die entsprechenden Führerscheinprüfungen nach; er wurde nach einigen Monaten im Zustelldienst einer Zwettler Großtischlerei eingestellt.

Franz brach seine Schule ab. Er war jetzt Bauer einer 35 Hektar großen Wirtschaft, obwohl er gesetzlich nicht einmal Traktor hätte fahren dürfen.

Meine Lieben,
recht herzliche Grüße. Wie Ihr durch das Telefongespräch mit Marianne erfahren habt, bin ich gut angekommen. Die Fahrt habe ich sehr gut durchgehalten. Bin schon lange nicht so leicht gefahren wie diesmal. Habe bei der Abfahrt zur Muttergottes gebetet, sie hat mich bis hierher begleitet. Mir ist immer gewesen, als wenn jemand mitfahren würde. Ich habe zweimal Rast gemacht und bin um halb zwei hier angekommen. Ich wurde sofort untersucht, es war ein junger, aufgeschlossener Arzt, den mein Fall sehr interessiert. Ich konnte ihnen nicht genug erzählen. Er hat sich alles aufgeschrieben, was ich mache und einnehme. Die Schwestern wurden herbeigerufen, und er hat ihnen gesagt, sie müßten alles machen, was ich ihnen anordne. Die Schwe-

stern sind sehr lieb zu mir. Sie können sich nicht genug wundern. Wir machen alles gemeinsam. Tee kochen und auch den Leinsamenwickel bekomme ich jeden Tag. Dabei kann ich ihnen nicht genug erzählen. Wenn sie Zeit haben, sitzen wir zusammen, und ich muß ihnen über die Heilkräuter erzählen. Meine Tees, die ich in der Küche lagere, sind jeden Tag von Neugierigen durchwühlt.

Die ersten zwei Tage sind mit lauter Untersuchungen, Blutproben und Röntgen ausgefüllt gewesen, was man leider wieder über sich ergehen lassen muß. Medikamente bekomme ich außer meinen Sachen nicht. Täglich muß ich ein Kohlensäurebad nehmen und danach inhalieren. Zweimal in der Woche kann ich in die Sauna gehen. Was meinen Zustand betrifft, macht mir die Umstellung schon Beschwerden, aber es ist kein Grund zur Besorgnis, ich werde es schon wieder schaffen. Ich habe hier ein Einzelbettzimmer mit Balkon, mache auf der beigelegten Karte ein Kreuz, wo ich schlafe. Das Packerl mit den Tropfen habe ich auch schon bekommen. Vergessen habe ich noch die Kleiderbürste, aber die werde ich mir schon besorgen. Nun, wie geht es Euch? Seid Ihr mit dem Silieren fertig geworden? Was macht das Wetter?

Ich kann von zu Hause nicht ganz abschalten, denke immer an Euch und mache mir auch manche Sorgen. Bitte schreibt mir bald, was es Neues gibt.

Laßt diesen Brief auch die Nondorfer lesen, denn auch sie werden neugierig sein, wie es mir geht. Wenn Ihr mich einmal anrufen wollt, dann nur um sieben Uhr früh oder zwischen halb sieben und sieben abends, denn da bin ich beim Essen und Ihr könnt mich am leichtesten erreichen.

Jetzt will ich schließen.

Nochmals recht herzliche Grüße von Eurem besorgten

Vater. Auf einen Besuch von Euch würde ich mich sehr freuen, wenn es möglich ist. Grüßt mir auch die Nachbarn.

Gruber tat, was er konnte. Er spielte Karten, erzählte Witze, abends aber ging er nicht mit. Anfangs wurde er von den Frauen deshalb Feigling geheißen. Daß du in deinem Alter schon so ein fader Zipf bist. Später sprach sich herum, an welcher Krankheit er litt. Da wurde er viel angeschaut.

Als Gruber am letzten Samstag im Juni im hellen Anzug übers ganze Gesicht lachend zur Wohnzimmertür hereinkam, behauptete er, gar nicht müde zu sein. Schön ist die Fahrt wieder gegangen. Sie hat mir nichts ausgemacht.

Er ließ sich von Karl auf die Felder hinausfahren, um die Frucht zu besehen. Gruber erweckte den Eindruck, als habe ihm der Kuraufenthalt neue Kraft gegeben. Er ging zum Weissinger hinüber, fragte, was es bei der Feuerwehr Neues gebe.

Erst am Abend erinnerte er sich an den Befund, der ihm für den Hausarzt mitgegeben worden war. Er öffnete ihn, wie alle Befunde, über dem Kartoffeldämpfer. Da stand etwas von kirschgroßen Flecken auf der Lunge.

Jetzt ist es vorbei, sagte Gruber, jetzt habe ich auch auf der Lunge schon Metastasen, da ist es bald vorbei.

Gruber will seine Frau, die jetzt beim Scheunebauen jeden Tag dreimal zehn Leute zum Essen hat, Vormittagsjause, Mittagessen und Nachmittagsjause, die obendrein ihn ständig versorgt, nicht aufwecken, er will die paar Meter zum Klo allein schaffen. Mit großer Kraftanstrengung setzt er sich auf, ergreift seinen Stock, stellt sich auf, schleppt sich bis zur Tür, wo er sich am Griff festhält und rastet. Als er weitergeht, bleibt er mit den geschwollenen Füßen, die er kaum heben kann, am Türstaffel hängen, stößt einen Schrei aus und stürzt der Länge nach aufs Vorzimmerpflaster. Erschrocken laufen seine Frau und die Kinder aus den Zimmern heraus. Sie heben ihn auf, dem Blut herunterrinnt, und tragen ihn ins Bett zurück. Gruber will aber vorher noch aufs Klo gebracht werden. Danach kann er sich nicht einmal mehr allein von der Klomuschel erheben. Sie tragen ihn ins Zimmer.

Nach einiger Zeit, die Gruberin ist schon fast wieder eingeschlafen, beginnt er zu sprechen.

Paß auf den kleinen Martin auf, sagt er zur Gruberin. Wir haben ihn jetzt ganz vernachlässigt. Läuft den ganzen Tag mit Freunden herum. Danach aber, sagt er, danach mußt du ihn wieder strenger halten, sonst wird er ein Schlingel.

Die Kleinen sollen ruhig was lernen, muß ja nicht jeder aufs Gymnasium gehen und studieren. Sie sollen einen Beruf lernen, damit sie dir nicht zu lange auf der Tasche liegen. Dann wirst du schon weiterkommen.

Der Walter macht mir keine Sorgen. Er ist ein gutmütiger Bub, wird ein braver Handwerker werden. Ob der Franzi das durchhält? Sechzehn Jahre alt und muß die ganze Wirtschaft führen. Ob er nicht später einmal sagen wird, mir ist nichts anderes übriggeblieben? Aber was würden wir jetzt ohne ihn machen?

Warum kommt Karli nie zu mir herein, spricht nicht mit mir? Nie läßt er sich blicken, nicht einmal am Sonntag. Jedes Wochenende auf der Tour, ich verstehe das nicht. Geht mir aus dem Weg, wo er kann, dabei hat er seinen Beruf, keiner will ihm was dreinreden, und trotzdem.

Drei Tage nachdem Gruber von Bad Gleichenberg heimgekommen war, schwollen seine Füße an. Ab dieser Zeit war immer ein Fuß besonders dick, manchmal beide, eine Zeitlang auch der Hodensack.

Im Sommer 1978 gab es ein zweitägiges Feuerwehrfest im Ort, das Gruber, wenn auch vom Bett aus, organisierte. Alle Augenblicke kam der Weissinger herein, fragte um Rat, redete auf Gruber ein, ob die Rede nicht doch noch er halten könne. Gruber wollte sich bemühen. Nach der Feldmesse weihte der Pfarrer das neue Feuerwehrhaus ein. Danach hielt Gruber seine letzte Rede. Schon schwankend, sich mit beiden Händen am Pult festhaltend, erzählte er in witzigen Formulierungen, wie ein Sturm 1976 das alte Feuerwehrhaus abdeckte und von da an die Geräte im Regen standen, wie es zur Planung des neuen Zeughauses kam und wer sich beim Bau verdient gemacht hat. Gruber verabschiedete sich dann von den etwa sechshundert anwesenden Gästen. Ich veranstalte dieses Fest nun schon vierzehn Jahre lang und ihr habt es mir immer durch zahlreichen Besuch gelohnt. Dieses nun ist mein letztes Fest. Eine schwere Krankheit zwingt mich, von euch Abschied zu nehmen. Lebt wohl. Gruber gab seiner Frau einen Kuß auf die Wange. Er konnte die Tränen kaum zurückhalten. Anschließend wurde er vom anwesenden Bezirkskommandanten durch eine Dankesrede und die Überreichung einer Landesauszeichnung geehrt. An der Feier im Gasthaus konnte er nur mehr kurz teilnehmen, dann mußte er ins Bett zurück.

Am Nachmittag störte ihn das ständige Geklapper der Klotür, verursacht durch Festgäste, die sich im Vorzimmer um die Notdurft anstellten, da es am Festgelände keine Toiletten gab. Die Gruberin bereitete daraufhin ihrem Mann das Bett im Bubenzimmer, das etwas weiter von der Klotür entfernt lag.

Abends hatte Gruber plötzlich noch einmal den Wunsch

hinauszugehen. Seine Frau half ihm beim Anziehen, dann marschierten sie in ihren Obstgarten hinaus, wo unter Kirsch-, Apfel- und Birnbäumen das Festzelt lärmte, auf der alten Kartoffelgrube die Musikanten spielten, zwischen zwei Eichen die Tanzpaare herumsprangen, im Holzschuppen Bier ausgeschenkt und Rosen geschossen wurden, der große Kartoffelkeller als Weinstüberl diente, die Scheune als Vorratsdepot für Getränke. Im kleinen Maschinenraum nebenan arbeitete der Geyer an seinem großen Grillapparat, die Frauen der Feuerwehrmänner kamen mit dem Austragen der Grillhenderl und Grillwürstel nicht mehr zu Rande. Gruber löste sich vom Arm seiner Frau und ging einen Halbkreis um den Obstgarten, so daß er das ganze Treiben überblicken konnte. Als ihm Leute zuwinkten, winkte er zurück. Dann brachte ihn seine Frau wieder ins Bett hinein. Sie mußte sich beeilen, den Musikanten das Abendessen zu richten.

Als allen Einreibungen zum Trotz Grubers Füße wieder dicker werden, aussehen, als ob sie jeden Augenblick aufplatzen wollten, die schmerzstillenden Medikamente kaum mehr Wirkung zeigen, verständigt die Gruberin den Hausarzt. Der untersucht Gruber und bittet dann Franz, über dem Kopf des Vaters in der Zimmerdecke einen Lusterhaken zu befestigen. Daran hängt der Hausarzt eine Schnur mit einer Infusionsflasche, der er noch verschiedene Substanzen zusetzt. Das Mittel tropft langsam in Grubers Vene, der bald einschläft und die ganze Nacht nicht wach wird.

Als die Gruberin am nächsten Vormittag zu ihrem Mann hineinkommt, betrachtet dieser andauernd die Schnur, die sich vom Haken herabschlängelt bis einen Meter über seinen Kopf. Sie holt einen Sessel, steigt hinauf und ringelt die Schnur in kurzen Schleifen auf den Haken. Gruber blickt sie an. Es wäre eh am gescheitesten, wenn man es gleich so machte, sagt er.

Was redest du denn da zusammen.

Nach dem Feuerwehrfest, als Grubers Schmerzen immer heftiger wurden, brachten ihn Franzonkel und die Gruberin im Auto bei tiefgestellter Rückenlehne, mehr liegend als sitzend, noch einmal nach Wien zu einem der Homöopathen. Nachdem sie ihn die vier Stockwerke zum Arzt hinauf- und dann wieder heruntergeschleppt hatten, fuhren sie ihn in Michaels Wohnung, wo er sich vor der Heimfahrt einige Stunden ausruhen sollte. Gruber sah Grapefruits liegen und wollte wissen, ob er die essen dürfe. Um Vater einen Gefallen zu tun, rief Michael beim Homöopathen an. Der sagte, das sei völlig belanglos, Gruber könne nunmehr essen, was er wolle, weil sowieso schon alles zu spät sei, bald werde er überhaupt zu essen aufhören. Unbedingt müsse man ihm jetzt schmerzstillende Medikamente besorgen, es sei nicht vorstellbar, was der Mann bereits leide.

Michael, der nicht wollte, daß sein daneben liegender Vater Verdacht schöpfte, unterbrach, aha, Sie meinen, er kann Grapefruits ruhig essen?

Hören Sie, verstehen Sie mich doch, Ihr Vater ist am Ende, das ist nur mehr eine Frage von ein paar Wochen. Sie müssen seine Qual erleichtern. Verstehen Sie mich?

Ja, aber glauben Sie nicht, daß der Grapefruitsaft den Darm zu sehr reizt?

Ich sagte, daß das Essen in diesem Stadium bereits harmlos ist. Ihr Vater stirbt demnächst an den Lungenmetastasen. Seine Lunge wird sich mit Wasser füllen, da kann man gar nichts mehr dagegen machen. Wenn man ihn punktiert und das Wasser entzieht, stirbt er halt ein paar Tage später. Da ist alles schon zu spät. Sie müssen ihm die Schmerzen erleichtern.

Gut, er kann also Grapefruits essen. Ich danke Ihnen herzlichst für die Auskunft. Vater, du kannst die Grapefruits ruhig essen, hat er gesagt, die Vitamine können dir nur guttun. Du brauchst auch viele Vitamine bei deiner Krankheit. Der Saft macht dem Darm gar nichts, weil, bis der im Dickdarm ist, hat er gesagt, wo du das Karzinom hast, ist der schon längst entschärft. Iß also ruhig eine Grapefruit.

Gruber, in dessen Körper täglich neue Hohlräume einbrechen, kann nicht schlafen. Die Gruberin hat ihm bereits drei Fortralzäpfchen gegeben, die Schmerzen im Bauch und in der Lunge werden aber nur stärker. Die ganze Nacht stöhnt Gruber, zuweilen schreit er vor Schmerzen. In der Früh ruft die Gruberin den Hausarzt an. Eine halbe Stunde später ist er da. Er gibt Gruber eine Spritze, redet mit seiner Frau noch ein paar Worte im Vorzimmer und geht wieder.

Als sie ins Schlafzimmer kommt, setzt sich Gruber mit eigener Kraft auf und lacht übers ganze Gesicht.

Mein Gott, ist das schön, sagt die Gruberin, daß du heute einmal lachst.

Mir ist jetzt so gut, das war eine Morphiumspritze.